Mon amitié avec Tulipe

Anne Fine

Mon amitié avec Tulipe
On ne naît pas méchant

Traduit de l'anglais
par Dominique Kugler

Médium
11, rue de Sèvres, Paris 6ᵉ

Du même auteur à *l'école des loisirs*

Dans la collection *Neuf*
Comment écrire comme un cochon
La crêpe des champs
Le jeu des 7 familles
Ma mère est impossible
La nouvelle robe de Bill
Tous des menteurs

Dans la collection *Médium*
L'amoureux de ma mère
Bébés de farine
Madame Doubtfire
S.O.S. Mamie

© 1998, l'école des loisirs, Paris, pour l'édition en langue française
© 1996, Anne Fine
Titre original : « The Tulip touch » (Hamish Hamilton Ltd, Londres)
Loi n° 49.956 du 16 juillet 1949 sur les publications
destinées à la jeunesse : septembre 1998
Dépôt légal : mars 1999
Imprimé en France par la Société Nouvelle Firmin-Didot,
au Mesnil-sur-l'Estrée (46138)

Première partie

Chapitre 1

On ne devrait jamais raconter une histoire avant qu'elle ne soit terminée. Et je ne suis pas sûre que celle-ci le soit. Je ne sais même pas exactement quand elle a commencé. Peut-être le matin où Papa, qui avait pris mon petit frère Julius dans ses bras pour essayer de le calmer, le remit dans les bras de ma mère pour aller répondre au téléphone.

«Au Palace? Pourquoi voulez-vous qu'ils aient besoin de moi au Palace?»

N'importe qui, en entendant cela, aurait imaginé de grandes réceptions dans les jardins royaux ou quelque chose de ce genre. Mais moi, déjà à l'époque, lorsque j'entendais le nom de Relais du Lac ou de Palace, je voyais tout autre chose. Il faut dire que j'ai toujours vécu dans des hôtels. Je ne me souviens même pas du premier, le Vieux

Navire. D'après ce que m'a dit Maman, il était tout petit, couvert de lierre et n'avait que six chambres. Ensuite, Papa a été directeur d'un hôtel à North Bay. Et plus tard on l'a envoyé aux Armes de la Reine. C'est là que nous étions à l'époque.

«Bon alors, quel est le problème du Palace?»

Il écouta tellement longtemps en poussant de tels soupirs que Maman, qui s'efforçait toujours de faire taire Julius en agitant devant son nez sa peluche préférée, leva les yeux vers Papa. Juste à ce moment, il s'écria:

«Vous avez l'air d'oublier qu'ici je gère déjà une trentaine de lits! Et je ne vous parle pas de mon fils, le petit dernier, qui ne nous laisse pas une seconde de répit, ne serait-ce que pour réfléchir.»

Il s'aperçut alors que nous le regardions. Il nous tourna le dos et termina sa conversation presque en chuchotant.

«D'accord. J'irai. Juste pour jeter un coup d'œil.»

Je ne sais plus à quelle heure il est revenu mais il était tard. Notre appartement se trouvait au-dessus des cuisines et le ronronnement des énormes hottes de ventilation s'était arrêté. Nous n'entendions plus que les bruits habituels du début de la nuit: les sonneries de téléphone étouffées et les pas feutrés dans les couloirs.

Au petit déjeuner, il me dit:

— Si tu voyais ça, Nathalie! C'est immense. Il y a plus de soixante chambres et le bâtiment trône sur une grande pelouse, comme une énorme pièce montée sur une nappe verte.

— Quand est-ce qu'on pourra y aller?

Il jeta un coup d'œil à Maman, exténuée par la énième nuit blanche que lui avait fait passer Julius.

— Bientôt. Avant même que j'aie fini ici. Je vous emmènerai voir. Nous y passerons la journée.

Mais le jour où nous le vîmes enfin, ce n'était pas juste pour y passer la journée. C'était avec les malles, les valises et les cartons.

— Je suis désolé, répétait Papa. Je pensais vraiment que ce serait un boulot temporaire.

Maman s'évertuait à rasseoir Julius qui glapissait et se débattait comme un diable pour sortir de son siège-auto. Elle était à bout de nerfs, épuisée par le remplissage des cartons, et elle rouspéta pendant tout le trajet.

— Un peu de plâtre qui tombe sur la tête des clients, tu avais dit. Trois semaines tout au plus, le temps de refaire les plafonds. Et maintenant, c'est la pourriture sèche et la pourriture humide. Et les problèmes de plomberie, et les portes coupe-feu. L'ancien directeur ne pourrait pas s'occuper de ça? C'est bien sa faute si l'hôtel est dans cet état.

Papa savait que ce n'était pas la peine de répondre. Il se contentait de conduire.

— Un type qui ne fait pas son boulot, grommelait Maman, et tout à coup les trois semaines se transforment en trois mois, et Nathalie doit quitter l'école une semaine avant les vacances et...

Passé le dernier virage, elle s'arrêta net. Devant nous se dressait le Palace, gigantesque, majestueux, coupant court à toutes ses jérémiades.

Papa arrêta la voiture et Maman s'empressa de descendre. Julius cessa immédiatement de se débattre et de geindre. Maman le détacha et le prit dans ses bras. Et tandis qu'elle montait avec lui le grand escalier de pierre du Palace, le ciel soudain s'embrasa derrière elle. Et sur les pelouses, à sa droite et à sa gauche, les paons firent la roue.

— Tu vois, s'écria Papa triomphant. C'est un bon présage !

Je n'étais pas de cet avis. Je ne me sentais pas très bien. Peut-être un peu barbouillée à cause du voyage. Je sautai de la voiture et tout à coup le ciel me parut trop haut au-dessus de ma tête, l'herbe trop verte. Et, à ce moment-là, un des paons poussa un cri lugubre qui me mit encore plus mal à l'aise.

Tous les gens pensent que quand on regarde en arrière, on peut voir des signes du destin. Moi je trouve ça absurde, franchement.

Chapitre 2

Papa n'a jamais su évaluer le nombre de chambres d'un hôtel. Le Palace avait plus de cent pièces si l'on comptait, en plus des salons, des salles à manger, des bars et des terrasses, les greniers étouffants et les caves obscures. En moins d'une semaine, Papa expédia les derniers clients qui s'incrustaient. Après quoi, en quelques heures, plusieurs planchers furent défoncés, quelques plafonds effondrés et je me retrouvai dans un monde nouveau, étrange, peuplé d'hommes en bleu de travail.

– Nathalie, monte vite au grenier et dis à M. Forrester, celui qui a la barbe, qu'on le demande au téléphone au sujet de ses panneaux de contre-plaqué. Oh, non ! Voilà déjà les nouveaux sanitaires ! Nathalie, va vite sur la terrasse et demande à Ben s'il peut envoyer quelques gars pour décharger.

Et il repartait en courant pour régler un problème avec les maçons ou voir avec le chef de chantier s'il fallait commencer tout de suite les travaux à un autre étage. De temps en temps, il se souvenait de mon existence et on l'entendait crier:

— Où est Nathalie? Est-ce que quelqu'un l'a vue?

Si personne ne m'avait vue, il s'affolait.

— Nathalie! Tu m'entends? Nathalie!

Ses appels résonnaient en écho à travers les pièces vides et les immenses cages d'escalier. «Nathalie! Nathalie!» jusqu'à ce qu'un ouvrier me trouve au bar en train d'aligner, sur le comptoir en cuivre, des verres couverts de poussière et de les mettre en rang comme des petits soldats. Ou de faire la roue dans la salle de bal déserte. Ou de me pencher — au point qu'on voyait ma culotte — pour regarder à travers les fissures des jardinières toutes craquelées, sur la terrasse.

— Elle est là! Pas de problème!

Je passai tout l'été à sautiller dans les couloirs dépouillés de leurs tapis et à entretenir d'interminables conversations imaginaires avec le petit ange de pierre, la statue qui se dressait au milieu du bassin. Au fil des semaines, chaque fois que je dévalais l'un de ses grands escaliers, le Palace me semblait de plus en plus chaotique. Puis, tout alla en sens inverse. Jour après jour, les couches de poussière disparurent des tables, et des fauteuils, et des canapés. Les perceuses rentrèrent dans les boîtes à outils. Et le grand ménage commença, si bien que, un beau matin, je trouvai mes chers petits angelots dorés, ceux qui me saluaient toujours du haut de leurs miroirs, éclatants et rutilants.

Puis, en buvant une menthe à l'eau que m'offrait un des peintres, j'entendis mon père répondre au téléphone.

«Une chambre à deux lits donnant au sud. Oui, bien sûr. Et le dîner les deux soirs? Jeudi et vendredi prochains. Entendu.»

Je me jetai sur lui, presque incapable de me maîtriser et d'attendre qu'il ait raccroché.

– Ça va rouvrir? C'est ça? On s'en va alors?

Il fit une grimace, se pencha, me prit dans ses bras et me posa sur le gigantesque comptoir en bois de la réception qui venait d'être ciré. D'un coup d'œil par-dessus ses lunettes, il regarda Maman qui était en train de trier des clefs dans un coin. Elle soupira et pencha la tête d'un air las.

– Nathalie, me dit Papa d'une voix douce. Nous avons une drôle de nouvelle à t'annoncer.

– On reste? m'écriai-je, les yeux écarquillés, lorsque je compris enfin ce qu'ils essayaient de m'expliquer. On reste au Palace *pour toujours*?

Et ils entreprirent de me consoler. Comment pouvaient-ils aussi mal me connaître? Ils n'avaient donc rien compris? Je n'avais rêvé que de cela pendant ces interminables semaines. Rester! Faire des galipettes à n'en plus finir sur les

pentes de la pelouse tapissée de trèfle. Me promener à volonté dans les salons, les boudoirs, les
hangars à bateaux et les serres. Sauter sur les sofas
rouge cerise. Avancer sur la pointe des pieds et
bras tendus, telle une gymnaste, sur les murets de
pierre des terrasses…

— Nathalie?

Je les regardai, abasourdie.

— Nathalie, ma chérie. Tu ne nous en veux
pas? Tu ne vas pas t'ennuyer de tes anciennes
copines? Ça va aller?

Je fis oui de la tête. J'étais folle de joie.

Chapitre 3

Maman avait du mal avec nous quand Julius était petit. Même lorsque enfin mon petit frère s'endormait, elle ne pouvait pas cacher qu'elle était au bord de l'épuisement.

– Je suis désolée, Nathalie, disait-elle. Je sais que j'avais promis. Mais je suis morte de fatigue. Nous irons un autre jour, tu veux bien?

Elle lançait à Papa un de ses regards suppliants et s'il avait le temps il m'emmenait faire un tour. Nous traversions les pelouses et la roseraie, puis nous descendions le long du petit sentier qui sinuait dans la pénombre du bois. Cela faisait presque mal de ressortir en plein champ, dans la lumière crue. C'est là que nous rencontrâmes Tulipe pour la première fois, immobile comme une statue dans l'immense étendue de blé.

– Regarde, là-bas. C'est un épouvantail?

Papa plissa les yeux pour mieux voir dans l'éblouissante clarté.

– Non. Je crois que c'est une petite fille.

– Qu'est-ce qu'elle fait là, toute seule?

Papa haussa les épaules.

– Allons lui demander.

Il me prit la main et appela :

– Hou ! Hou !

Elle se tourna vers nous et je vis qu'elle tenait quelque chose dans ses bras.

– On dirait un petit chat.

Je m'élançai aussitôt vers elle. Au Palace, il y avait des chats, mais ils étaient vieux et amorphes. Alors, un chaton, quel bonheur ! J'entendis Papa me gronder derrière moi.

– Nathalie ! Le blé, ne piétine pas le blé !

Je stoppai net. J'étais bien consciente du fait que les fermiers étaient nos voisins et qu'il fallait rester en bons termes avec eux. Je m'immobilisai donc, bouillonnant d'impatience, tandis que cette inconnue – qui devait avoir mon âge – avançait vers nous à pas prudents, écartant le blé de sa main libre et marchant si agilement que lorsqu'elle arriva à notre hauteur on ne voyait pas trace de son passage.

Les yeux du chaton n'étaient pas encore ouverts.

– Comment il s'appelle ? Comment tu vas l'appeler ?

Papa me tapota l'épaule.

– Nathalie, ce serait plus poli de demander d'abord à cette jeune fille comment elle s'appelle.

Il la regarda, attendant une réponse. Mais elle

se contenta de chasser ses cheveux mal peignés de ses yeux et le fixa comme s'il venait d'une autre planète.

Papa fit une nouvelle tentative.

– Elle, dit-il en posant une main sur mon épaule, c'est Nathalie. Et moi, je suis M. Barnes, de l'hôtel.

Il attendit encore. Et enfin elle dit :

– Tulipe.

Je ne pouvais pas croire que c'était son vrai nom. Je croyais qu'elle parlait du chat. Et parfois je me demande si c'est à cause de ce nom que, quelques jours plus tard, lorsqu'elle apparut dans la cour de récréation, je laissai tout en plan pour courir lui dire bonjour. Comme j'étais pratiquement nouvelle dans cette école, je ne pouvais pas manquer l'occasion de dire une chose toute bête mais qui me coûtait beaucoup :

– Bonjour Tulipe !

Elle me dévisagea et je me sentis chanceler. Il y eut un long silence. Puis, trop embarrassée pour retrouver mes esprits, j'ajoutai quelque chose d'encore plus stupide :

– Tu veux bien qu'on soit copines ?

Chapitre 4

Je devais payer très cher ce privilège (mais je ne sais pas si c'était vraiment un privilège). Personne ne voulait de Tulipe dans sa bande. Tous les autres savaient qu'elle ne venait pas souvent à l'école. (C'est pourquoi je ne l'y avais jamais vue.) À partir de ce jour, je passai d'innombrables heures à traîner toute seule dans la cour, en espérant de tout mon cœur qu'elle allait venir ou qu'une bonne âme, dans l'un des groupes d'enfants qui s'agitaient autour de moi, allait flancher et me dire les mots que j'avais tellement envie d'entendre : «Tu ferais mieux d'oublier Tulipe. Elle n'est jamais là, de toute façon. Viens plutôt jouer avec nous. »

Quand j'y repense, c'était de la folie. Peut-on parler d'amitié quand l'une des deux partenaires est presque toujours absente et que l'autre n'a jamais la permission d'aller la chercher ?

Mon père était inflexible sur ce point.

– Je ne veux même pas en entendre parler, Nathalie. Tu ne vas pas chez Tulipe. Elle peut venir ici autant qu'elle veut. Mais tu n'iras pas là-bas. Point final.

Pourquoi était-il aussi intransigeant sur cette question ? Qu'avait-il vu, le premier jour, pour être à ce point convaincu que la ferme des Pierce n'était pas un endroit fréquentable pour sa fille ? Des vieilles machines rouillées, il y en a dans toutes les cours de ferme. Et tous les fermiers ont des chiens qu'ils attachent au bout d'une chaîne pour qu'ils aboient après tout ce qui passe. Et nous n'avions même pas vu les parents de Tulipe. Car Papa avait eu beau frapper à plusieurs reprises, personne ne s'était montré.

Dix fois par semaine je lui disais :

— Retournons-y, essayons encore une fois. Ça fait tellement longtemps que je ne l'ai pas vue. Si ça continue comme ça, si tu ne veux pas que j'aille la chercher, je ne la reverrai jamais.

— C'est non.

— Elle est peut-être malade.

— Ça m'étonnerait, Nathalie.

— Ce n'est pas sa faute si ses parents trouvent que ce n'est pas important d'aller à l'école.

— Si j'étais toi, je me ferais d'autres amies. Parce que je ne céderai pas. Tu n'iras pas chez Tulipe. Un point c'est tout.

Étais-je simplement têtue ? Quelle sorte de fascination exerçait-elle sur moi ? Je n'en sais rien mais, en tout cas, je ne fis jamais l'effort de trouver une autre copine. Je ne me donnai même pas la peine d'aller chaparder des bonbons dans les cuisines pour essayer de me faire bien voir à l'école et de m'introduire dans une bande. Au lieu de cela, je restais dans mon coin. Le soir et pendant le week-end, je flânais dans le Palace en faisant comme si ma propre compagnie et les regards intéressés de quelques clients rongés par l'ennui me suffisaient. Jusqu'au jour où je la voyais apparaître à l'autre bout de la pelouse.

Mon cœur se mettait à bondir dans ma poitrine et je volais à sa rencontre.

– Tulipe! Mais où étais-tu? Ça fait une éternité... Qu'est-ce que tu as envie de faire?

Chapitre 5

Nous faisions des tas de choses. Et nous allions partout. Sur les pelouses et dans les abris de jardin, dans les massifs et les jardins en terrasse. L'hiver venu, on nous cherchait dans les grands et les petits salons, les alcôves et les penderies. Parfois c'était délicat de sortir, parce que depuis une heure, nous étions cachées dans les plis des lourds rideaux rouges, en train d'écouter un couple de clients se disputer. Mais la plupart du temps nous réapparaissions juste après avoir entendu l'appel et le pas décidé de celui qui nous cherchait.

— Il est l'heure de rentrer chez toi, maintenant, Tulipe.

— Je ne peux pas rester encore un peu ?

— Tes parents vont s'inquiéter.

Ce n'était pas vrai. Si les parents de Tulipe s'étaient inquiétés, ils seraient déjà venus des dizaines de fois, les soirs où personne ne s'était rendu compte qu'elle était encore là au moment où l'on m'envoyait au lit. Mais Papa prenait un air bien décidé. Elle aussi.

— Je peux revenir demain?

— Si tu veux.

Parfois elle venait. Parfois pas. (Moi, je l'attendais toujours.) Quelquefois Papa me voyait tourner en rond, hagarde dans ma solitude et, se rendant compte qu'il avait été très occupé ces derniers temps, il me proposait d'aller à la pêche avec lui. Nous nous mettions en route à l'heure la plus calme de la journée, juste après le déjeuner, et nous la trouvions en train de rôder à la lisière des champs, au bout du petit sentier qui traversait le bois.

— Tu peux la renvoyer chez elle, si tu veux, disais-je mollement, vexée qu'elle ne soit pas venue me voir.

Mais il la saluait aussi gaiement que d'habitude.

— Tu viens avec nous, Tulipe?

Elle n'était pas douée pour la pêche. (Papa disait que tous les poissons fuyaient dès qu'ils voyaient son ombre.) Lui, il attrapait des poissons sans arrêt, moi je me débrouillais assez bien et elle ne prenait jamais rien. Mais elle avait l'air contente. Et lui aussi. Il ne semblait jamais s'ennuyer les après-midi où Tulipe venait avec nous.

— À quoi étiez-vous en train de jouer hier, quand Mme Scott s'est plainte du bruit?

— Aux *Rats dans l'incendie.*

— Et vous avez trouvé un endroit «mieux adapté» pour y jouer?

Elle eut un grand sourire.

— On est descendues dans les caves et on a appelé ça *Les cochons dans le souterrain*.

Il hocha la tête.

— Très drôle. Et j'imagine que c'est moins ennuyeux que le jeu auquel vous avez joué toute la semaine dernière.

— Lequel? *L'huile sur le feu*?

— Mais non, c'était *Malaria* toute la semaine dernière, lui rappelai-je.

— Vous ne pourriez pas inventer des jeux moins bruyants.

Il se tourna vers elle.

— Eh bien, réponds-moi, Tulipe.

Elle inclina la tête sur le côté.

— Il y a *Impasse des squelettes*. Ça c'est très calme. Et on joue aussi beaucoup à *Silence de mort*. Celui-là ne fait aucun bruit.

Il frissonna.

— *Silence de mort*! *Impasse des squelettes*! Vous n'avez pas des jeux moins macabres?

Elle sourit à nouveau.

— Quand vous étiez petit, vous deviez jouer au jeu des *Sept Familles* et à *Chat perché*, je parie.

— Oui, dit-il. De mon temps on jouait à ça, en effet.

Elle lui lança son regard charmeur.

— Quelle est la plus grosse bêtise que vous ayez faite, M. Barnes?

— Quand j'étais enfant?

Elle acquiesça.

Si c'était moi qui lui avais posé cette question, il ne m'aurait jamais donné de réponse précise. Mais Tulipe arrivait à faire parler Papa sur n'importe quel sujet, vraiment n'importe lequel. Il se tut et réfléchit.

— Ce qui m'a laissé le plus de remords, encore aujourd'hui, c'est d'avoir fait tomber la tortue de mon grand-père dans une allée du jardin, dit-il enfin. Je n'ai pas eu le courage d'aller le lui dire, alors j'ai donné un coup de pied dans la tortue pour la faire disparaître dans le buisson le plus proche.

Rien que d'évoquer ce souvenir, il était encore mal à l'aise.

— Tu avais quel âge? demandai-je.

— Huit ans. (Il fit un rapide calcul.) Il y a vingt-sept ans!

— Ça l'a écrabouillée? demanda Tulipe.

Visiblement, le mot qu'elle avait employé le dégoûtait. Il réfléchit assez longtemps avant de rectifier.

— Sa carapace s'est brisée, oui.

— C'était un accident?

— Bien sûr que c'était un accident! répondit-il

sèchement. Tu ne penses tout de même pas que je l'ai jetée par terre exprès ?

— Non, s'empressa-t-elle de répondre.

Il y eut un silence. Puis Tulipe reprit :

— Vous auriez pu la mettre au freezer pour l'achever.

La tête de Papa aurait mérité une photo.

— C'est la manière la plus indolore pour les poissons et les tortues d'eau douce, affirma-t-elle. Ça doit être pareil pour les tortues terrestres.

Il ne regardait même plus sa canne à pêche. Il avait les yeux rivés sur elle.

— Tulipe, comment sais-tu cela ?

— Je ne sais pas. J'ai entendu dire ça un jour. Et je m'en suis souvenue.

Papa se tourna vers moi.

— Tu le savais, toi ?

J'aurais tellement aimé dire oui. Mais Tulipe se serait doutée que je bluffais.

— Non, dis-je d'un air contrit.

Il se tourna à nouveau vers elle.

— Et les choses dont tu entends parler ne te dérangent jamais ?

— Non, répondit-elle. Quelquefois j'y pense un peu. Mais le plus souvent ça m'intéresse plus que ça ne me dérange.

Il y eut un frémissement sous le bouchon de Tulipe.

— Ça mord? lui demanda-t-il, trop content de pouvoir changer de sujet. Aurais-tu enfin de la chance? Ça mord ou pas?

— Non, répondit-elle, sans même regarder. Non, ça ne mord pas.

Chapitre 6

Je suis allée jusque chez elle, bien sûr. Mais une seule fois. Je ne sais plus ce qui m'y a poussée. Avais-je, pour une fois, quelque chose d'assez important à lui dire pour trouver le courage de me faufiler jusqu'au bout de la pelouse, puis de disparaître furtivement dans la pénombre du petit bois ? Ces arbres gigantesques qui se dressaient au-dessus de ma tête devaient m'angoisser encore plus. Mais je ne faiblis pas et, de retour en pleine lumière, je continuai à longer la clôture, jusqu'à ne plus être en vue de la plus haute fenêtre du Palace. Les hôtels sont pleins de gens qui s'ennuient. Quoi que vous fassiez, vous pouvez être sûr qu'il y a quelqu'un en train de vous observer.

Je détestais la maison de Tulipe. Non seulement parce que les tapis étaient pleins de taches et les fauteuils usés jusqu'à la corde, mais aussi parce que Tulipe elle-même y était différente, juste une carapace, comme si elle s'était imperceptiblement glissée hors d'elle-même, ne laissant à sa place qu'un étrange sosie qui me demandait: «Qu'est-ce qu'on fait?» ou: «Tu veux un autre biscuit?»

Je repoussai le paquet de biscuits cassés et rassis. Je lui aurais bien proposé qu'on aille dans sa chambre, mais quelques minutes plus tôt, avant qu'elle ne ferme la porte de sa chambre d'un coup de pied, j'avais aperçu un drap taché en train de sécher sur le dos d'une chaise et j'avais compris que mon idée ne serait pas bien accueillie.

— On va dans la cour?

Je voulais sortir de cette cuisine. La mère de Tulipe m'exaspérait avec son éternel sourire d'excuse et son fredonnement incessant et insipide. On aurait dit qu'à force de vivre dans cette affreuse cuisine qui empestait et qui ne voyait jamais un rayon de soleil, elle avait complètement oublié qu'une chanson est censée avoir une mélodie, ainsi qu'un début et une fin. Entendre cet horrible bourdonnement continu me faisait l'effet d'écouter un robot qui voulait faire semblant d'être une personne.

Dans l'arrière-cour, les mauvaises herbes nous arrivaient à la taille. Mais il y avait bien trop de bouteilles cassées partout par terre pour que nous puissions y ramper comme l'exigeaient certains de nos jeux. En désespoir de cause, je dis:

— Viens, on va essayer de trouver ton petit chat.

Elle me regarda d'un air stupéfait.

Je me trouvai bête et rectifiai :

— Enfin je veux dire, ton chat. C'est un chat, maintenant.

— On n'a pas de chat.

— Tu en avais bien un dans les bras le jour où je t'ai rencontrée.

Son regard se durcit.

— Ah, on a dû le donner.

Je savais qu'elle mentait. Aussi, lorsque nous quittâmes cette cour où nous ne pouvions rien faire et que, dans la cuisine, nous tombâmes nez à nez avec M. Pierce qui entrait par une autre porte, je vis tout de suite en lui un impitoyable tueur de chats. Je le regardai remplir d'eau une tasse ébréchée, la boire, la remplir à nouveau, boire encore puis se retourner et rester adossé à l'évier. Ses yeux se posèrent sur moi et ils n'en bougèrent pas jusqu'à ce que je prenne ma veste et que je me sauve en bredouillant des excuses.

— Je suis désolée d'être partie comme ça, dis-je à Tulipe, le lendemain matin, à l'école. Je me suis souvenue d'un seul coup que je devais…

Et je recommençai. Je bafouillai, je bredouillai. Tulipe me laissa finir en me regardant d'un air à la fois agacé et confus, puis elle me dit :

— Papa est OK quand on a l'habitude.

Mais je n'avais pas l'intention de lui donner

une seule autre occasion de me le prouver. À partir de ce jour, je cessai de casser les pieds à Papa pour qu'il me laisse aller là-bas, et pour ne pas faire de peine à Tulipe, j'utilisai l'excuse que Papa m'avait soufflée :

— Ils ne veulent pas que j'approche des chiens comme Elsa.

Et je n'y mis plus jamais les pieds.

Chapitre 7

Et je la voyais souvent à l'école. Elle n'avait que moi comme copine. Personne d'autre ne voulait faire semblant de croire à ses épouvantables mensonges.

– Il y a des militaires qui tournent un film sur nos terres, aujourd'hui. Ce soir quand je rentrerai, ils me laisseront conduire un tank.

– Oh, je te crois sur parole, Tulipe.

– C'est ça, oui!

Ils s'éloignaient en pouffant de rire. Moi je baissais les yeux et je regardais par terre et croyez-moi ou non, ça me faisait de la peine pour elle. Je savais que je passais pour une imbécile devant les autres. (Il fallait vraiment être une pauvre idiote pour faire celle qui croyait à ses bobards.) Mais au lieu de m'en aller, exaspérée, comme tout le monde, je la prenais par le bras et j'essayais de lui changer les idées.

– Tu veux qu'on joue à *Impasse des squelettes* en rentrant?

Son ingratitude était sa seule réponse. Elle

dégageait brutalement son bras. À ce moment-là, déjà, je me demandais pourquoi je ne partais pas. Ce n'était pas par pitié, non. Personne n'est obligé de continuer à raconter des mensonges aussi gros, surtout quand, de toute évidence, personne ne les croit.

— J'ai gagné un grand concours. J'ai trouvé une carte à gratter dans mes corn-flakes. Un sacré coup de chance. J'ai gagné cette jolie robe en soie jaune.

Quelques jours après, nous étions allées acheter des bonbons au supermarché et je m'attardai au rayon des céréales.

— Il n'y a pas un seul paquet qui parle de concours.

— Non mais la carte à gratter était à l'intérieur du paquet.

— Bizarre que personne d'autre n'en ait trouvé.

— Ils n'en mettent que dans quelques paquets quand ils fêtent un anniversaire spécial. C'est pour ça que le prix était une robe de soie jaune. C'est la même que celle que le mannequin portait dans leur première pub.

C'est ce que Papa appelait «le petit trait de génie de Tulipe» — cet infime détail qui vous faisait presque vous demander si, pour une fois, elle ne disait pas la vérité.

– Alors le type est devenu tout pâle et il est tombé à la renverse. Pendant que je téléphonais à l'ambulance, ses doigts n'arrêtaient pas de se contracter et son alliance cliquetait contre le métal de la bouche d'égout. Donc je n'ai pas pu aller en cours parce que la police avait besoin d'une autre personne de mon âge et de ma taille pour la séance d'identification du suspect. Ils n'ont pas dit pourquoi ils avaient arrêté cette fille, mais l'un des inspecteurs m'a dit qu'il pensait qu'elle était polonaise.

– Ah! murmura Papa d'un ton sincèrement admiratif. Polonaise? Ça c'est le petit trait de génie de Tulipe!

Elle le regarda d'un air faussement peiné.

– Comment?

– Non, rien.

Il se détourna pour dissimuler son sourire. Mais moi, je vis le regard venimeux de Tulipe. Elle détestait qu'on la taquine. Dès l'instant que ses histoires abracadabrantes franchissaient le seuil de sa bouche, elle semblait y croire totalement et quiconque se permettait de douter, même d'un point de détail, devenait son ennemi juré pour toujours.

Ce fut donc Papa, et non pas moi, qui risqua une petite méchanceté, quelques semaines plus tard.

— Alors, où est-elle cette belle robe jaune, Tulipe? Comment se fait-il que tu ne l'aies pas encore apportée pour nous la montrer?

Elle prit un air étonné.

— Je ne vous ai pas dit? Je l'avais préparée dans un sac et Maman a renversé une bouteille d'eau de Javel, il y en a eu un peu sur la manche. Alors elle l'a envoyée à Chichester, dans un atelier réputé qui fait beaucoup de raccommodage pour la famille royale. Ils pourront peut-être prendre dans l'ourlet et mettre une pièce.

Papa l'observait, subjugué. Quand elle fut partie, il dit à Maman:

— Pauvre gosse. Elle se croit obligée d'inventer tout ça pour nous impressionner. Qu'est-ce qu'elle doit se faire rabrouer chez elle!

Maman répondit d'un ton cassant:

— Pourtant elle a l'air suffisamment intelligente pour avoir un peu plus de jugeote.

C'était vrai. Elle était bien plus intelligente que moi. Si elle n'avait pas manqué aussi souvent, et si elle avait fait ses devoirs à la maison, elle aurait eu de meilleures notes que moi à tous les contrôles. Mais même les jours fastes, Mlle Henson avait des problèmes avec Tulipe.

«Je t'en prie, Tulipe, essaie de te calmer. Tu déranges tout le monde.»

«Non, ce n'est pas ce que je t'ai demandé!»

«Tulipe, je te préviens, ma patience a des limites!»

Si elle m'avait parlé sur ce ton, j'aurais été morte de peur. Mais Tulipe s'en fichait. Un instant plus tard, elle se levait d'un bond et traversait la classe.

«Je vais ramasser la gomme de Julia qui est par terre.»

Et une ou deux minutes après.

«Je vais aider Jennifer à faire son devoir.»

On entendait aussitôt un cri plaintif.

«Oh, non, Mlle Henson, je n'ai pas besoin de son aide!»

Et elle tirait la langue. (Tulipe, pas Jennifer.)

«Tulipe! Retourne à ta place! Assieds-toi! Et arrête de nous casser les pieds!»

J'étais tellement silencieuse, à ma place, qu'on m'aurait presque crue absente. C'est sans doute pour cela qu'elle nous laissait l'une à côté de l'autre. Pour que je la calme, pour qu'elle ait moins la bougeotte. Mais d'une certaine manière, nous allions bien ensemble. Nous jouions toutes les deux du triangle dans l'orchestre de l'école. Deux mois de suite nous avons compté ensemble l'argent de la cantine (mais maintenant que j'y repense, je soupçonne Mlle Henson d'avoir utilisé cette ruse pour être sûre que le travail serait correctement fait le mois où Tulipe devait s'acquitter de cette tâche). Et nous étions les méchantes sœurs de Cendrillon dans la pièce de théâtre de Noël.

Au début, je voyais bien que Mlle Henson et M. Barraclough n'étaient pas très chauds pour donner à Tulipe le rôle qu'elle voulait à tout prix.

— Je te préviens, Tulipe. Si tu manques plus de deux répétitions, nous serons obligés de donner le rôle à quelqu'un d'autre. Alors, tu es bien sûre?

Elle opina vigoureusement.

— Et je veux un mot de ton père disant qu'il ne voit pas d'inconvénient à ce que tu viennes répéter le soir.

Le regard enthousiasmé de Tulipe devenait mauvais.

— Je suis la seule à devoir apporter un mot.

Mlle Henson soupira.

— Je suis désolée, Tulipe. Mais M. Barraclough n'a pas oublié ce qui s'est passé la dernière fois.

Quand elle partit, je demandai à Tulipe:

— Qu'est-ce qui s'est passé?

— L'année dernière, tu n'étais pas encore là, je jouais le rôle d'un haricot sauteur.

— C'était difficile? (Cela me semblait le meilleur moyen de demander: «Ça s'est mal passé?»)

— Je m'en sortais très bien, dit-elle. J'avais appris la chanson. Je connaissais l'enchaînement de danse par cœur. Mais il s'est passé un truc et je n'ai pas pu venir.

Combien de fois elle s'était débarrassée de moi avec ce «il s'est passé un truc»! Mais j'étais tellement contente de jouer avec elle les méchantes sœurs que je me sentais pleine de générosité.

— Sûrement que cette fois, il veut te donner un meilleur rôle.

Elle exécuta ce que j'identifiais comme un court extrait de la danse du haricot sauteur.

— Ça n'aurait pas eu tellement d'importance s'il n'y avait pas eu les autres.

— Les autres?

— Les autres haricots. C'était une danse un peu compliquée, tu vois. Donc, ils ne pouvaient pas la faire sans moi.

— Oh.

J'eus soudain une vision de tout le monde essayant d'organiser la grande soirée avec une seule des deux méchantes sœurs. Moi. Mais en fait, tout se passa très bien. Sa mère envoya le mot. Tulipe vint à toutes les répétitions. Et elle et moi nous sommes finalement devenues les stars du spectacle. La démarche de sorcière de Tulipe et mon air ahuri étaient bien plus drôles à voir que les simagrées de Cendrillon. Chaque fois que nous quittions la scène, M. Barraclough nous attendait avec le crayon gras. Mes petits boutons, peu nombreux et discrets au début, se transformèrent, de scène en scène, en une véritable poussée de rougeole. Il remettait des toiles d'araignée sur la perruque vert fluo de Tulipe et nous renvoyait sur scène en chuchotant:

— Vous êtes formidables, toutes les deux! Continuez!

Nous continuâmes trois soirs de suite. C'était toujours nous qui faisions rire le plus et qui étions le plus longuement applaudies. Après la dernière représentation, j'étais tellement triste que je ne permis à personne de m'enlever mon maquillage. Les grosses taches rouges s'essuyèrent sur ma taie d'oreiller, et Tulipe ne rendit sa perruque verte que le lendemain matin. Mais personne ne pouvait nous prendre notre succès.

«Vous avez fini de vous appuyer l'une sur l'autre. Tenez-vous bien ou je vous sépare!»

«Nathalie, inutile de donner un coup de coude à Tulipe quand tu connais la réponse. Tu n'es pas bête. Lève toi-même la main, s'il te plaît.»

«Tulipe, Nathalie n'est pas ton jouet. Ce n'est pas parce que tu sors qu'elle doit sortir aussi.»

Au milieu du mois de janvier, Mlle Henson finit par nous séparer. Nous protestâmes vigoureusement.

— C'est pas juste! On était sages. On était juste des sœurs comme dans la pièce.

— Pas de chance! répliqua-t-elle brutalement. Ça, c'était l'année dernière.

Ce qui évidemment nous inspira un nouveau jeu intitulé *C'était l'année dernière*. À la plus bête des remarques nous démarrions au quart de tour.

— Daisy ne trouve pas ses gants.

— Non. Ça, c'était l'année dernière. Maintenant c'est sa culotte qu'elle cherche.

— Tu as vu la nouvelle voiture de Mlle Henson?

— C'était l'année dernière. Elle est venue à cheval sur un balai, ce matin.

Elles étaient tellement bêtes et pas drôles que nous nous contentions de les dire tout bas. Mais elles nous faisaient partir dans de tels fous rires que les autres s'attroupaient autour de nous dans la cour de récréation.

— Qu'est-ce qui vous fait rigoler comme ça?

— Rien.

Et on s'en chuchotait une autre à l'oreille qui nous faisait rire encore plus fort.

— Oh, laisse-les. Elles sont bêtes.

C'était vrai. Tellement bêtes qu'avant même que je ne m'en rende compte, mon impopularité avait pris des proportions gigantesques.

— Oh, s'il vous plaît, ne me mettez pas à côté de Nathalie. Elle passe son temps à rigoler et à faire des grimaces à Tulipe.

— Moi non plus, je ne veux pas être à côté d'elle!

Mlle Henson eut la grippe. Ensuite son père dut aller à l'hôpital. Enfin, tous les élèves qu'elle essayait de mettre à côté de Tulipe ou à côté de moi se révoltaient. C'est curieux de penser que votre vie peut prendre un tout autre chemin à cause de ce qui arrive dans celle des autres. Mon amitié avec Tulipe aurait pu être détournée ou tout au moins diluée.

Mais... la grippe. Une fracture du col du fémur. Un peu de rébellion dans la classe.

Et elle renonça.

— Bon, d'accord. Si tu me promets de bien te tenir, je te donne encore une chance. Une seule.

Chapitre 8

Comment étions-nous à l'époque, nous les insé-
parables, Tulipe et Nathalie ? Je sors une photo de
la boîte et je nous vois rire. Nous avons l'air heu-
reuses. Mais les vieilles photos disent-elles la
vérité ? « Souriez, vous ordonne quelqu'un. Je ne
vais pas gâcher de la pellicule en prenant des
visages renfrognés. » Alors, vous souriez. Mais qu'y
a-t-il derrière ce sourire ? C'est comme la photo
que Papa a prise par hasard un jour où il bricolait
son appareil dans le noir. Tulipe descendait l'escalier du grenier et brusquement le flash s'est
déclenché tout seul : Papa a fait une photo d'elle
parfaite (mis à part les deux ronds rouges dans ses
yeux). Sa silhouette se dessine dans l'entrée de ce
tunnel noir. Et comment est-elle sur cette photo
prise au moment où elle ne s'y attend pas ?

Méfiante, peut-être. Ou même plus que cela.
Un coup d'œil à cette figure pâle et tourmentée
et on a envie de dire *perdue*. Mais il y a quelque
chose d'autre qui vient à l'esprit. Je retourne la
photo et j'essaie de chasser ce mot de mon esprit.

Mais il y revient sans cesse. Je ne peux pas m'en débarrasser. Quelqu'un qui ne la connaissait pas très bien aurait pu dire qu'elle avait l'air *désespérée*.

Pourtant, Tulipe adorait le Palace. Elle aimait tout dans ce bâtiment. Elle ne se lassait pas de faire courir ses doigts sur les rampes d'escalier, les rebords de fenêtre en pierre grumeleuse et les comptoirs des bars, comme si simplement, par le toucher, elle pouvait s'approprier le Palace tout entier.

— Nathalie, tu as vraiment de la veine, tu sais.

Je haussais les épaules. Je le savais, mais cela me semblait grossier de le reconnaître ; admettre cette vérité, c'était presque dire que j'aurais préféré mille fois mourir plutôt que d'échanger ma vie contre la sienne. Et, à cette époque, Tulipe flânait rarement dans les champs de blé. Elle venait aussi souvent que possible lécher les bottes de Maman et faire du charme à Papa.

— Bonjour, M. Barnes.

— Bonjour, Tulipe, ma jolie fleur. Tu sais, il faut que je te dise : personne, dans cet hôtel, ne peut se faire servir le petit déjeuner après l'heure, sans marchander au préalable avec le directeur.

— Quel est votre prix, aujourd'hui ?

— Voyons… Nous sommes samedi, non ? Et c'est la haute saison. Eh bien, ce sera… trois gros bisous.

Il enlevait ses lunettes et elle comptait les baisers sur ses joues.

— Un. Deux. Trois. Et voilà!

— Très bien, disait-il. Maintenant que tu as payé, tu peux reprendre une saucisse.

Il la piquait au bout d'une fourchette et la faisait voler jusqu'à son assiette. Mais ce n'était pas la trajectoire de la saucisse qu'elle regardait, c'était la saucisse elle-même. Car Tulipe adorait manger. Si je la perdais de vue quelques minutes, je pouvais être sûre de la retrouver dans les cuisines, la bouche pleine de quelque chose qu'elle avait mendié et les yeux rivés sur les autres friandises qu'on allait lui donner: les diplomates pleins de crème et les roulés au chocolat; les gâteaux meringués aux cerises qu'elle aimait par-dessus tout.

— Tu viens dans la salle de jeux?

— Tout à l'heure.

Peu après je la voyais monter les dernières marches de l'escalier en bois pour me rejoindre et fouiller avec moi dans des tas de jouets et de jeux abandonnés. Les gens qui séjournaient au Palace avec leurs enfants n'étaient pas du genre à vérifier avant de partir s'ils n'avaient pas oublié, sous un lit, une poupée ou une batte de base-ball. Alors, quand nous en avions assez de bombarder de pommes pas mûres l'angelot en pierre du bassin, ou de faire la course dans les allées de gravier, nous montions chercher autre chose dans la salle de jeux. Nous piquions des fous rires avec l'échasse sauteuse et nous apprenions à manœuvrer les cerfs-volants à moitié déchirés. Tulipe maniait très bien la scie à chantourner. Il nous arriva même d'éprouver de brèves passions pour des cartons à broder ou la presse d'un herbier.

– Qu'est-ce qu'il y a, là-dedans? Des déguisements?

Les malles étaient fabuleuses, pleines de boas, de manchons et de tuniques militaires avec des brandebourgs.

– Tu crois que les gens à qui appartenaient tous ces vieux trucs sont morts?

Je mis devant moi ma robe en taffetas préférée.

– Oh, sûrement. Aujourd'hui la plupart des objets oubliés sont renvoyés. Papa dit qu'il passe presque tous ses mardis à expédier des colis à tous ces gens qui ne font pas attention à leurs affaires.

Elle m'enfonça sur la tête un chapeau de feutre marron.

– Maintenant, tu serais la mère de Mlle Henson.

Je jetai une cape en velours sur ses épaules et lui tendis un vieux parasol.

– Et toi, tu serais la grand-tante de M. Barraclough.

Nous marchions dans le grenier à petits pas

maniérés, sur nos chaussures à hauts talons trois fois trop grandes pour nous.

— Avez-vous vu le dernier *Cendrillon* que mon neveu a monté?

— Je l'ai vu, oui.

— Et avez-vous remarqué ces deux jeunes actrices extrêmement douées, Tulipe et Nathalie? J'ai trouvé que Tulipe était bien meilleure.

— Moi j'ai préféré Nathalie.

— Non, Tulipe.

— Nathalie.

— Tulipe.

Nous nous jetions l'une sur l'autre pour nous bagarrer par terre, sur le tas de vieilles fripes. L'odeur de naphtaline me piquait le nez.

— Pouce, d'accord? disais-je en haletant.

Elle me lâchait.

— Pouce.

Les heures filaient à toute allure. Le temps avait deux vitesses, pour moi. Il y avait les journées passées avec Tulipe, aussi variées que les dessins d'un kaléidoscope: elles s'écoulaient telle-ment vite que lorsque j'entendais les premiers cris lugubres des paons, le soir, je sursautais et je regardais ma montre avec stupéfaction. Et puis il y avait l'interminable succession des journées que je passais seule, rongée par l'ennui, les journées où quelques minutes seulement s'étaient écoulées chaque fois que je jetais un coup d'œil désespéré à ma montre.

Je ne trouvais guère de consolation dans mon entourage.

– Joue avec Julius, si tu t'ennuies.

– Je ne m'ennuie pas.

Pourtant, si, je m'ennuyais. Pas assez pour jouer avec mon petit frère, mais assez pour sentir que pendant chaque minute passée loin de Tulipe je ne vivais pas pleinement, j'attendais.

– Tu devrais quand même jouer avec Julius.

Alors je jouais avec Julius. Parfois de bonne grâce, parfois de mauvaise grâce. Mais toujours avec le sentiment qu'il me manquait quelque chose et que j'aurais dû être ailleurs, à une dizaine de champs de là, derrière le petit bois.

Avec Tulipe.

Chapitre 9

Elle acheta à Julius, pour son anniversaire, un crapaud en plastique. Nous étions en train d'examiner ce crapaud, pendant la vente de charité.

— Il est un peu abîmé, dit-elle l'air sincèrement ennuyé.

— Ça ne fait rien. Je suis sûre qu'il ne s'en apercevra pas.

— Tu ne crois pas qu'il préférerait une peluche?

— Non, je crois que ce crapaud lui plaira.

En fait, il en tomba carrément amoureux. Il l'appela tout de suite M. Haroun (du nom d'un client que nous avions eu longtemps et qui l'avait couvert de cadeaux) et ne le quitta plus. Un jour, à l'heure du bain, M. Haroun disparut sous une serviette. Tout le personnel de l'hôtel se lança à sa recherche et une des deux Autrichiennes qui étaient chez nous pour un séjour d'une semaine dut attendre vingt minutes la boisson qu'elle avait commandée. Alors, elle persuada sa sœur d'abandonner sa tapisserie pour fabriquer une sorte de petit sac à dos dans lequel Julius pourrait transporter M. Haroun tout en ayant les mains libres. De plus, elles écrivirent «Monsieur Haroun» en lettres de soie sur le rabat du sac à dos. Les Autrichiennes parties, ce fut Tulipe qui récolta les compliments, car Julius était d'une loyauté absolue. Tous ceux qui passaient au Palace admiraient la façon dont était fait le petit sac à dos: le crapaud y était en sécurité, mais il pouvait regarder dehors et respirer. Et, si nous étions dans les parages, Julius ne manquait pas de montrer Tulipe du doigt en disant:

— Tulipe l'a donné à moi.

Les clientes se bousculaient pour féliciter Tulipe. Elles trouvaient tout admirable, dans ce sac: sa forme, les lettres appliquées en soie, les jolies surpiqûres. Tulipe accueillait ces compliments en souriant avec modestie et en agitant les mains d'un air gêné. Le fait qu'elle accepte des félicitations pour un travail qu'elle n'avait pas fait ne dérangeait pas du tout Julius. Il n'y avait pas de raison: le plus précieux, pour lui, c'était le crapaud, et c'était bien Tulipe qui le lui avait offert. Bizarrement, moi non plus cela ne me dérangeait pas. Les clientes se levaient de leurs canapés pour féliciter Tulipe, et leurs compagnons se tournaient pour me tapoter l'épaule.

— Dis donc, elle est douée ton amie!

Et moi, esclave de Tulipe, trouvant très bien tout ce qu'elle faisait, j'étais aussi fière d'elle que si elle avait vraiment été cette couturière chevronnée.

Chapitre 10

Le matin, je devais accompagner Julius à la crèche en allant à l'école. Descendre l'allée, traverser le pont (en marchant sur le trottoir goudronné) et remonter la petite rue qui menait à ce bâtiment aux grandes baies vitrées, à travers lesquelles on voyait les petits se démener pour ôter leurs bottes et leurs imperméables multicolores.

Au moment de me dire au revoir, Julius levait la tête vers moi et avançait les lèvres pour m'envoyer un gros baiser.

Ce petit monstre insomniaque devenait un enfant adorable et tendre. « Un diable dans la peau d'un ange », disaient mes parents. Malgré tout, j'aimais bien son bavardage incessant quand nous marchions main dans la main. On m'avait interdit de retrouver Tulipe le matin pour aller à l'école, parce que plusieurs fois je l'avais attendue en vain et j'étais arrivée en retard. Mais bien souvent elle me guettait, accroupie derrière un muret ou cachée derrière le pilier du pont, et elle me sautait dessus au moment où je passais et, chaque fois, je sursautais de frayeur.

Elle m'emboîtait le pas.

— On joue au *Poisson pourri* ?

— Tout le long du chemin ? Même avec les gens qui attendent le bus ?

— Tout le long du chemin. Tout le monde. Même Mme Bodell.

Et nous harcelions tous les gens qui passaient jusqu'à ce qu'ils craquent. Sans être franchement grossière, notre méthode était efficace : plisser légèrement le nez ou renifler discrètement, ou encore prendre un air un peu dégoûté en passant à côté de notre victime. Les jours de grand vent, comme les gens avançaient pliés en deux, ça ne marchait pas. Mais les autres fois, nous laissions derrière nous des cohortes d'individus mal à l'aise. Souvent, en nous retournant, nous les surprenions en train de lisser leurs vêtements, de faire mine de rajuster leur veste ou de resserrer leur ceinture, mais nous savions bien que, en fait, ils se reniflaient avec inquiétude.

Mais Mme Bodell, elle, nous passait un de ces savons ! Elle ne supportait pas notre insolence et y répondait par des menaces terribles.

— Pour l'instant je suis obligée de prendre le bus pour Urlingham. Mais dès mon retour, j'irai dire deux mots à votre professeur principal. Je connais très bien tes parents, Nathalie Barnes. Et je peux te dire qu'ils vont avoir vraiment honte d'apprendre ce que tu fais.

Pourtant, nous le fîmes aussi avec Mme Bodell. Mais discrètement, bien cachées derrière son énorme postérieur. Et même là je trichai : en arrivant à l'arrêt de bus, j'ouvris mon sac, je déballai mon déjeuner et j'y fourrai mon nez, comme pour signifier que mes reniflements et mes grimaces ne s'adressaient pas à elle mais à mon sandwich.

Arrivée dans la cour de récréation, je commençai à râler après Tulipe.

— C'est toi la plus insolente et c'est toujours moi qui prends ! Pourquoi ?

Mais je connaissais la réponse. Maman n'avait pas été la première à remarquer que ces jeux avec Tulipe commençaient toujours bien pour nous deux et finissaient mal pour une seule d'entre nous. Et c'était toujours moi le dindon de la farce. Une fois ou deux, elle tenta sa chance avec Julius. Elle avait inventé un jeu qu'elle appelait *Bébé perdu dans les bois*. En l'accompagnant à la crèche, nous nous amusions à disparaître, l'une après l'autre derrière les arbres. Il se mettait vite à pleurnicher. Alors je réapparaissais, aussi calmement que si je n'étais jamais partie. Il se retournait et voyait Tulipe, revenue elle aussi sans un mot. Elle trouvait un moyen d'attirer son attention et je disparaissais à nouveau. Il se retournait, inquiet et perplexe, et s'apercevait que Tulipe n'était plus là. Ce jeu le rendait fou de colère et d'angoisse. Et si je m'en souviens aussi clairement, c'est que nous avons dû y jouer pendant plusieurs semaines. Peut-être n'avons-nous arrêté que parce que Maman nous a prises sur le fait. Un jour elle est accourue, alertée par les cris de Julius, et l'a trouvé tout seul, en train de pleurer et de baragouiner quelque chose d'incompréhensible.

— Venez ici tout de suite! Toutes les deux!

Je me montrai immédiatement. Mais Tulipe avait disparu; pour de bon, cette fois. Maman éleva quand même la voix pour la menacer:

— Je te préviens, Tulipe Pierce! Si je te prends encore une fois en train de martyriser Julius, tu auras à faire à moi! Quant à toi, Nathalie!

Quant à moi, je fus envoyée au lit plus tôt que Julius pendant une semaine. L'un des deux, Papa ou Maman, me disait ostensiblement: «C'est l'heure d'aller te coucher, Nathalie!» devant les clients. Eux qui n'en étaient qu'à leur premier gin tonic n'en croyaient pas leurs oreilles. Ils levaient les yeux pour me regarder, et on les entendait presque chuchoter: «L'heure d'aller au lit? Mais cette gamine a au moins dix ans!» À partir de ce jour, je n'entraînai plus jamais Julius dans un de nos jeux, à moins qu'il ne lui plaise vraiment. Et Tulipe ne protesta pas, car comme Noël approchait, elle avait intérêt à se tenir tranquille. Tulipe adorait passer Noël au Palace. Chez elle, nous le savions, les décorations se limitaient à quelques figurines de la Nativité et à un petit Père Noël bancal. Ses cadeaux étaient emballés dans les papiers de l'année précédente que sa mère avait repassés. Et en dehors de la dinde et du pudding de Noël, il n'y avait rien de spécial à manger ce jour-là.

Mais tout de même, les supplications de Tulipe mirent mes parents assez mal à l'aise, au début.

— Je peux venir plus tôt? Pour le petit déjeuner?

— Mais Tulipe, tu es sûre que ça ne dérange pas tes parents? Tu ne crois pas qu'ils voudraient t'avoir avec eux?

Tulipe prenait son air innocent.

— Oh non. Ils n'ont rien contre. Ils disent que c'est vraiment dommage que je n'aie pas de frères et sœurs pour partager ce jour-là et que si je peux être avec Nathalie, ils seront très contents pour moi.

Ce qui était probablement faux. Mais Maman faisait mine de la croire.

— Dans ce cas, nous serons très contents de t'avoir avec nous.

Quand j'y repense aujourd'hui, je me demande quel prix Tulipe pouvait bien payer pour ce Noël au Palace. Sûrement plus cher que les autres clients. Je le savais déjà à l'époque. Un jour, nous revenions de l'école ensemble, j'entendis quelqu'un brailler et en levant les yeux, je vis M. Pierce qui se penchait par la portière de son tracteur.

– Tu as intérêt à être rentrée à la maison avant moi, Tulipe, sinon je t'arrache les cheveux!

Je restai pétrifiée. Lui arracher les cheveux? Tulipe, elle, était déjà partie à toutes jambes. Je la suivis jusqu'au coin en ramassant tout ce qui tombait de son cartable et en repensant aux choses bizarres qu'elle m'avait dites pendant nos jeux.

«Je vais te peler vivante, comme une banane!»

«Si tu te payes ma tête aujourd'hui, je te réduis en bouillie!»

«Je vais te faire des yeux grands comme des pépins de melon!»

Je les attribuais à Tulipe, me disant qu'elle était vraiment douée pour jouer avec les mots. Mais je me trompais peut-être. Était-ce Tulipe que j'avais entendue ou bien son effroyable père?

Moi, je n'aurais jamais voulu payer si cher pour un Noël, même le plus somptueux de la terre. Je suis tellement gâtée. Dans ma mémoire, tous les mois de décembre brillaient en rouge et or. Des lampions de toutes les couleurs dansaient le long des terrasses. Nous avions au moins cinq sapins de Noël. Tout étincelait, tout scintillait et il y avait des choses incroyables à manger.

– Il y aura des gâteaux à plusieurs étages?

— Nathalie, il y a toujours des gâteaux à plusieurs étages pour Noël.

— Et il y aura aussi ces grands poissons roses sur un plat ?

— Du saumon, Tulipe. Oui, il y aura du saumon.

— Et des pâtes de fruits, comme l'année dernière ?

— Et des pâtes de fruits.

— Et je pourrai allumer les guirlandes électriques ?

Papa sourit.

— Oui, Tulipe. Tu pourras allumer les guirlandes électriques.

Tout lui était permis, à Noël. C'était, comme disait mon père avec un sourire attristé, le seul moment où Tulipe se conduisait vraiment comme une fille de son âge. Elle ne cessait d'écarquiller les yeux et d'ouvrir la bouche, émerveillée. Une fois même, on la trouva, comme Julius, à genoux sous le sapin de Noël en train de secouer tous les petits paquets-cadeaux factices, pour s'assurer que ce qu'on lui avait dit était vrai, qu'ils n'étaient là que pour la décoration.

Chaque année, Maman trouvait quelque chose pour l'arranger un peu.

— Tiens, Tulipe. Cette robe est à Cécile, la fille de Mme Stoddart. Mais elle met la verte aujourd'hui et on s'est dit que celle-ci devrait t'aller. Mais c'est juste pour aujourd'hui, hein ? Ne pars pas avec.

Il y eut un moment de tension, mais Papa détendit l'atmosphère par une plaisanterie.

— Et pas question non plus que Mme Stoddart parte avec toi !

Tulipe fit comme si elle n'avait pas entendu ou comme si elle s'en fichait, et elle se laissa emporter par le ravissement. Elle serra la robe contre elle, jusqu'à ce que Maman la fasse entrer dans le bureau. Là, Tulipe leva les bras et Maman lui retira son minable petit chemisier en imitation crochet et dégrafa sa jupe bon marché. Le velours bleu nuit de la robe l'enveloppa entièrement, et retomba en plis qui firent paraître plus grande sa silhouette chétive et cachèrent ses chaussures éculées.

— Je peux la garder sur moi toute la journée ?

— Toute la journée.

Et toute la journée, nous la surprîmes en train d'effacer d'invisibles faux plis sur le velours et de chercher des miroirs. De temps en temps, elle trouvait une ruse pour se débarrasser de moi fûtce quelques minutes. Je me dépêchais de revenir et je la voyais se regarder dans la glace en souriant et admirer son image qui faisait semblant d'esquisser des pas de danse et des révérences.

Papa n'arrêtait pas de lui faire des petites surprises.

– Ouvre ton bec, Tulipe.

Elle fermait les yeux. Une expression de bonheur parfait se peignait sur son visage quand elle ouvrait sa bouche toute grande, comme un oisillon.

Il y lâchait le petit four ou la friandise qu'il avait dans la main. Elle apprit à ses dépens ce que c'est que se gaver avant le déjeuner. Et lorsque, après le dîner, il était clair qu'elle n'avait pas du tout pensé à rentrer chez elle, Papa la prenait à part.

– Tulipe, tu ne vas pas te faire tirer les oreilles si tu es en retard?

Elle prenait ses airs de comédienne.

– Ils savent que je vais probablement rester ici toute la nuit. Ils ont dit que je pouvais.

Les yeux inquiets de mon père rencontraient ceux de Tulipe. C'était lui qui les baissait le premier.

– Bon. Si tu le dis...

Alors il prenait Tulipe par une main, moi par l'autre, Julius nous précédant sur son tricycle tout neuf (dans la maison aujourd'hui seulement, lui avaient dit tous les clients), et il nous escortait jusqu'au piano. Je crois que nous chantions comme des casseroles. Mais si tous les autres, tous ces gens étranges et chaleureux qui choisissent de passer Noël dans un grand hôtel, avaient chanté avec nous, on ne nous aurait plus entendues. Certains nous tapotaient l'épaule et pointaient un doigt sur la partition du chant de Noël, pour nous montrer où nous en étions. Et d'autres, qui ne soupçonnaient pas tout ce que nous avions déjà mangé, nous fourraient dans les mains des bonbons. Je me souviens que les dames aux cheveux violets avaient des dents en or qui scintillaient à la lumière des bougies. Et souvent les hommes sentaient le tabac. Les mains de M. Hearn balayaient avec aisance le clavier du piano. Et quand on jetait un coup d'œil discret à Tulipe dans sa belle robe bleue, en train de chanter gentiment *Douce Nuit* ou *Petit Papa Noël*, le visage radieux, on n'aurait jamais dit qu'elle allait devoir rentrer chez elle et entendre le lendemain matin une tout autre chanson.

Chapitre 11

Elle aurait très bien pu le donner elle-même.
C'est Papa qui me le fit remarquer le premier.

– Je crois que les gentils petits sourires de
Tulipe cachent toujours de mauvaises intentions.

Et il avait raison. Le premier jour d'école après
les vacances, Tulipe m'attendait à la grille.

– Tu l'as, j'espère. Tu ne l'as pas oublié ?

Je le lui tendis. Ses yeux se mirent à briller et
elle partit en sautillant à la recherche de James
Whitton. Elle lui fourra la petite boîte dans la
main.

– Qu'est-ce que c'est ?

– À ton avis ? Un cadeau de Noël, tiens !

Il secoua la boîte d'un air soupçonneux.

– C'est un peu tard pour faire des cadeaux de
Noël.

Si elle avait répondu, il aurait été encore
plus méfiant. Elle haussa simplement les épaules.
Elle avait un don pour faire en sorte que les
gens la croient. Il jeta un coup d'œil autour

de lui. Mlle Henson était sur les marches. La cloche allait sonner d'une minute à l'autre.

– Pourquoi tu me fais un cadeau?

– Comme ça.

– Moi je ne t'en ai pas fait.

– Aucune importance.

Elle s'arrangeait pour avoir l'air à la fois timoré et détaché. J'étais sûre, alors, que ça allait marcher.

– Tulipe…

– Chut! me dit-elle sèchement. (Puis à James:) Allez. Ouvre. Ça ne va pas te manger.

J'aurais pu dire: «Non, n'ouvre pas. Ce n'est pas un vrai cadeau, c'est juste un truc idiot qu'on a fait hier.»

James le lui aurait rendu et elle l'aurait jeté. Et ensuite, bien sûr, elle serait partie. Elle nous aurait laissés, lui et moi.

Je restai donc là à le regarder tirer précautionneusement sur le ruban argenté et développer le papier brillant. Il souleva le couvercle. Les petites crottes de chien séchées trônaient dans leur nid de mouchoirs en papier froissés.

– Joyeux Noël! s'écria Tulipe triomphante.

– Joyeux Noël! dis-je en écho.

Il essaya bravement de se défendre.

– Noël c'est passé. Alors vous avez l'air fin, hein?

Et sans doute n'importe qui d'autre, dans la classe, s'en serait tiré honorablement. Mais pas James. Tulipe savait parfaitement choisir ses victimes. Dès l'instant où elle avait repéré le petit tas dc crottes près du radiateur et m'avait envoyé chercher un couteau, elle avait pensé à James Whitton. Et elle avait raison. Il se défendit assez bien toute la journée.

« D'abord, je ne l'ai même pas touché. »

« Et de toute façon, j'avais deviné ce que c'était. »

« Vous êtes trop bêtes, toutes les deux. »

Mais après la dernière sonnerie, Tulipe me prit par le bras, me fit traverser la cour à toute allure et m'obligea à m'accroupir derrière le muret.

— Baisse la tête.

— Pourquoi ?

— Attends, je te dis, rétorqua-t-elle d'un ton féroce.

J'obéis. Des voitures s'arrêtaient devant l'école. Des portières claquaient. Des voitures repartaient.

— Et maintenant, regarde ! me lança-t-elle.

Elle avait parfaitement calculé son coup. À l'instant précis où nous levâmes la tête, la mère de James démarrait et se dégageait du trottoir. Quand il s'aperçut que nous le regardions, il détourna la tête le plus vite possible mais j'eus le temps de voir, à travers le pare-brise tout propre, les premières grosses larmes de tristesse rouler sur ses joues.

Et en me retournant pour regarder Tulipe, je vis son sourire.

Il y a un autre moment que je n'oublierai jamais : le jour où je me suis ouvert le genou en pataugeant dans le bassin autour de l'angelot en pierre. Comme je portais à deux mains le chapeau que nous avions passé des heures à décorer avec des plumes, je n'osai pas me rattraper lorsque je trébuchai et je m'entaillai le genou sur l'arête aiguë du socle de la statue.

Le sang se mit à gicler. Je regardai mon genou, complètement affolée. À chaque pas, du sang se diluait dans l'eau puis perlait à nouveau sur la blessure.

— Dépêche-toi, hurlait Tulipe. Marche plus vite ! Cours !

Courir quand on a de l'eau jusqu'aux genoux ! Quand j'arrivai au bord, mon cœur battait à tout rompre. Tulipe m'arracha le chapeau des mains. Il n'avait même pas été éclaboussé.

— Mon Dieu, pauvre petite !

Une cliente était venue voir ce qui se passait. En faisant fuir les paons sur son passage, elle m'accompagna en toute hâte jusque sur la terrasse et me fit asseoir. Le torchon en lin apporté d'un des bars fut trempé de sang en quelques minutes. Puis on apporta des serviettes de toilette.

Et enfin mes parents arrivèrent.

Tulipe gambadait en tout sens, se mettait en travers du chemin de tout le monde. Papa alla chercher une voiture et la gara le plus près possible sans écraser les parterres de fleurs.

Pendant ce temps, tout le monde y allait de son commentaire.

— Vous vous rendez compte, il va lui falloir au moins six ou sept points de suture.

— Moi si j'étais vous, je l'emmènerais directement aux urgences.

— Ne vous inquiétez pas, Mme Barnes. Ces choses-là ont toujours l'air plus graves qu'elles ne le sont en réalité.

Papa réapparut au coin de l'hôtel. Il avait laissé tourner le moteur de la voiture. On me passa de main en main pour me faire descendre de la terrasse et Maman courut derrière Papa qui m'emportait dans ses bras et m'installait sur le siège arrière. Maman s'assit à côté de moi et claqua la portière.

Quelqu'un la rouvrit pour nous donner d'autres serviettes.

— Oh, merci! dit Maman. Merci!

J'entendis frapper un coup sec à la vitre, de mon côté. C'était Tulipe qui sautillait de tous les côtés comme un petit singe. Elle me faisait des grimaces et des pieds de nez, penchait la tête d'un côté puis de l'autre, tirait la langue.

En tournant la tête, je vis le regard que ma mère lui lança en retour. Je fermai les yeux. Quand je les ferme aujourd'hui, je revois encore leurs visages à toutes les deux.

Celui de Tulipe? Eh bien, certainement hideux et indifférent.

Mais celui de Maman?

Beaucoup plus troublant, dans un sens. Je ne peux pas vraiment expliquer pourquoi.

Tout ce je peux dire c'est que Maman regardait Tulipe d'une manière dont personne, normalement, ne regarde un enfant.

Chapitre 12

Mais Tulipe n'arrêtait pas de faire des siennes. Bientôt elle passa plus de temps en retenue devant le bureau de Mlle Golightly qu'en classe. Et un jour, en bavardant avec Papa pendant qu'il faisait l'inventaire mensuel de la cave, cela m'échappa.

Papa changea de conversation. Mais je savais que cette révélation involontaire n'était pas tombée dans l'oreille d'un sourd. Pendant deux jours, il ne se passa rien. Le troisième jour, William Stannard, qui revenait de chez le dentiste, arriva en retard en classe et me dit que la voiture de mon père était garée devant l'école.

Le lendemain matin, à peine entré, M. Barraclough annonça :

— Je crois que nous allons te mettre à côté de Barney, Nathalie.

Tulipe était scandalisée.

— Pourquoi elle s'en irait ?

M. Barraclough ravala une réponse tranchante et dit simplement :

— Parce que nous sommes tous d'avis qu'un petit changement fera du bien à tout le monde.

Furieuse, Tulipe balaya la table de son bras et fit tomber tout ce qu'il y avait dessus.

– Si Nathalie ne reste pas à côté de moi, j'arrête de travailler!

N'importe lequel d'entre nous aurait eu les pires ennuis s'il avait fait une chose pareille. Mais apparemment, les professeurs étaient aussi désemparés qu'effrayés par Tulipe. M. Barraclough ne dit rien. Pendant toute l'heure, Tulipe resta assise, le visage renfrogné, les bras croisés et il l'ignora. Quand la cloche sonna, il l'envoya au bureau de la directrice, comme d'habitude. Et je passai encore une récréation toute seule. Aucun des autres élèves ne s'approcha de moi. L'impertinence de Tulipe les mettait mal à l'aise. Et comme il était toujours possible que sa punition soit levée à temps pour qu'elle vienne passer la fin de la récréation avec nous, ils préféraient rester loin de moi.

Je dois admettre qu'en classe, les professeurs me donnaient souvent l'occasion de me faire d'autres camarades.

«Nathalie, tu devrais te mettre avec Suzanne pour redécorer le couloir.»

«Marcie et Nathalie, je vous laisse empiler les chaises.»

Je bavardais avec elles, et elles me répondaient. Je me demandais même ce que cela me ferait de les avoir comme amies. Mais quand nous retournions dans la salle de classe, je ne pouvais m'empêcher de regarder au fond. Et je voyais Tulipe qui me scrutait avidement de ses petits yeux perçants, comme si elle pouvait littéralement vérifier que je lui étais restée fidèle, que je lui appartenais toujours. À l'époque, évidemment, je ne me demandais pas ce que je représentais pour elle. Mais maintenant que j'y repense, c'était peut-être parce que garder sous son influence quelqu'un d'aussi anonyme et insignifiant que moi, lui permettait de s'assurer qu'une personne au moins ne la détestait pas.

Et Dieu sait si les autres la détestaient. Parce qu'elle gâchait absolument tout.

«Nous ne commencerons pas tant que Tulipe ne sera pas tout à fait prête.»

«Si ce chahut continue, nous ne sortirons pas les cordes à sauter… Tulipe!»

«Je sais que la plupart d'entre vous seront déçus et j'en suis désolée, mais étant donné le comportement d'une certaine personne lors de notre dernière sortie…»

Les professeurs perdaient patience.

– Pourquoi te rends-tu la vie aussi difficile, Tulipe?

Elle se renfrognait mais ne répondait pas, faisant ainsi de notre jeu *Silence de mort* un passe-temps ordinaire.

– J'attends…

Toujours pas de réponse. Des élèves d'autres classes passaient dans le couloir et la regardaient comme une bête curieuse.

– Tu te rends bien compte, Tulipe, que c'est encore une façon stupide de te faire remarquer. Mais il y a beaucoup d'élèves dans cet établissement, tu n'es pas toute seule.

Encore quelques minutes de mutisme et en général n'importe quel professeur renonçait.

– Bon, va rejoindre les autres dans la cour, maintenant. Et j'espère qu'en revenant, tu seras un peu plus raisonnable. Allez, sauve-toi.

Une fois dans la cour, elle courait comme une folle, jurait, hurlait et disait des gros mots aux femmes de service, tandis que je restais en retrait, passive, à l'observer.

Un jour un message m'arriva, hurlé du haut de l'escalier et ceux qui étaient autour de moi, tout excités par cette nouvelle, la reprirent en chœur.

– Nathalie, tu es convoquée par Mlle Golightly dans son bureau! Tout de suite!

– Mlle Golightly veut voir Nathalie!

– Nathalie, il faut que tu ailles dans le bureau de la dirlo.

– Grouille-toi, Nathalie!

Le monde se vida de ses couleurs. J'étais terrorisée. Je trébuchai plusieurs fois en montant l'escalier et me perdis dans des couloirs que je connaissais comme ma poche. Sous l'œil de la secrétaire, je frappai à la porte de Mlle Golightly.

— Nathalie Barnes?

Timidement, je tournai la poignée. Mais déjà, Mlle Golightly avançait à grands pas vers moi. Ouvrant grande la porte, elle m'attrapa par le col de mon pull-over et me traîna jusqu'à la fenêtre.

— C'est ton amie, ça? hurla-t-elle en pointant l'index vers la cour. Est-ce ton amie, oui ou non?

Tulipe se précipitait vers des groupes de petits et piétinait leurs jeux.

— Regarde-la! Elle dérange tout le monde! Elle saccage tout!

Elle fit manifestement un effort pour se calmer.

— Assieds-toi, Nathalie. Il est temps que nous bavardions un peu toutes les deux.

Je ne me souviens plus très bien de notre conversation. Mais je me rappelle combien j'ai été effrayée tout à coup qu'on me fasse asseoir dans un fauteuil capitonné et qu'on me parle comme à une grande personne. Je trouvais cela contraire à toutes les règles et j'en fus tellement troublée que je ne pus écouter correctement et encore moins donner des réponses sensées. Mais enfin, lorsque Mlle Golightly cessa de parler de ce qu'elle appelait «les vrais problèmes de Tulipe» et de son «influence sur son entourage», ma panique céda un peu. À ce moment-là, elle devait faire allusion au souci que se faisaient mes parents, car les premiers mots que je prononçai, je m'en souviens, furent :

— Tulipe ne doit pas les déranger tant que ça, puisqu'ils la laissent venir à la maison.

Elle eut l'air surprise.

— Quoi ? Au Palace ? C'est vrai ?

— Oui, dis-je résolument. Elle vient même souvent. Papa est très gentil avec elle.

Mlle Golightly en fut visiblement très agacée. Papa avait dû lui présenter les choses tout autrement.

Elle fronça les sourcils et dit :

— Peut-être préfèrent-ils vous avoir toutes les deux sous les yeux pour vous surveiller. As-tu pensé à cela ?

Poliment, je m'efforçais d'avoir l'air de lui donner raison. Mais j'en savais plus qu'elle. J'avais compris depuis longtemps que Maman laissait Tulipe venir parce qu'elle ne supportait pas de me voir traîner mon ennui au Palace quand elle n'était pas là. Cela l'énervait au plus haut point de constater que je flânais d'une pièce à l'autre sans rien faire de mes dix doigts. Et Papa avait un faible pour Tulipe. Il connaissait ses défauts. Et il savait sans doute qu'elle avait une influence aussi néfaste sur moi à l'école qu'à l'extérieur. Mais

71

j'avais vu sa tête le jour où, en roulant en voiture, nous avions surpris M. Pierce dans un virage en train de tabasser son chien le long d'une haie. Et j'avais remarqué la gentillesse et l'amabilité exagérées avec lesquelles il saluait la mère de Tulipe quand nous la croisions dans la rue. Papa ne disait pas grand-chose. Mais je savais exactement ce qu'il pensait de la vie de Tulipe.

Lui dire de ne pas venir? Il ne pouvait pas.

Peut-être Mlle Golightly pensait-elle qu'il n'avait pas été franc avec elle en venant se plaindre. En tout cas, mon supplice était terminé. Elle se leva.

— Nathalie, j'espère que tu vas réfléchir sérieusement à tout ce que je viens de te dire... (Cette fois, sa main, posée sur mon épaule tandis qu'elle me raccompagnait à la porte, était presque tendre.) Parce que, je te mets en garde, tu cours les pires ennuis si tu laisses tout le temps Tulipe te faire porter le chapeau. Réfléchis bien à ça.

Tulipe m'attendait, allongée dans la cour.

— Qu'est-ce qu'elle voulait?

Mon cœur se remit à battre plus fort.

— Oh, rien.

Elle s'énerva.

— Allez, grosse bécasse, qu'est-ce qu'elle t'a dit?

Je ne sais pas si c'est parce que je lui en voulais de me causer tous ces ennuis, mais en tout cas, pour une fois, je réussis à lui tenir tête.

— Les bécasses ça n'a pas très bonne mémoire, tu sais.

Furieuse, elle se mit à donner des coups de pied dans le premier objet qu'elle trouva sur son chemin : une pancarte indiquant la salle où devait avoir lieu, le soir même, la réunion des parents d'élèves. Une des femmes de service s'approcha d'elle d'un air menaçant et j'en profitai pour m'éclipser. Je me mis à tourner nerveusement autour du terrain de jeux des petits. Lorsque Tulipe revint dans mon champ de vision accompagnée de Marcie, elle était tout sourire. Je me demandai si elle n'avait pas oublié qu'elle était en train de me questionner, mais je me gardai bien de revenir sur ce sujet. Par contre, le soir même, lorsque Maman m'envoya porter un message à Georges au bar, je m'approchai d'un client que je connaissais bien, grimpai sur le tabouret voisin du sien et lui demandai :

— M. Scott, qu'est-ce que ça veut dire « faire porter le chapeau à quelqu'un » ?

— Ça veut dire le rendre responsable, coupable d'une faute commise par plusieurs personnes. Par exemple (il fit un clin d'œil à Georges), si ta petite copine et toi vous faites une bêtise et qu'elle dit que c'est toi qui l'as faite toute seule, elle te fait porter le chapeau.

Je rougis jusqu'aux oreilles. M. Scott but une gorgée de whisky.

— Pourquoi me demandes-tu ça, au fait?

Je n'ai pas le droit de traîner dans les bars, et juste au moment où je me creusais la tête pour trouver une explication plausible, Georges me regarda par-dessus son verre de bière en fronçant les sourcils.

Je partis en courant.

— Pour rien, chantonnai-je en partant. J'ai entendu ça à l'école.

Le lendemain matin, je compris pourquoi Tulipe était tout sourire. J'ouvris l'œil tout le long du chemin après avoir quitté la crèche. Mais quand j'arrivai devant la grille de l'école, elle était déjà dans la cour, bras dessus, bras dessous avec Marcie.

Elle me salua avec froideur.

— Marcie est avec nous aujourd'hui. Ça ne t'embête pas?

Je fis signe que non. Tout le monde savait que les disputes entre Marcie et Claire, quoique fréquentes et spectaculaires, étaient de courte durée. Je me dis que Tulipe me reviendrait à la récréation. Mais Marcie resta effectivement avec nous toute la journée. Je fulminais. (Tulipe continuait à m'appeler «grosse bécasse».) Mais je suivis le mouvement, en faisant celle qui ne remarquait rien et qui s'en fichait, jusqu'à ce que nous passions devant le supermarché, Harry's, en sortant de l'école.

– On y va?

Je voyais bien à son regard qu'elle me lançait un défi.

– Non, dis-je. Pas aujourd'hui.

– Pourquoi?

– J'ai l'impression qu'il nous regarde. Il n'aime pas nous voir dans son magasin.

– Ça, c'est son problème.

– Peut-être mais ça ne me donne pas envie d'entrer.

– Bébé, va!

Mais comme Marcie la tirait par la manche, elle renonça et nous passâmes derrière le bâtiment. Nous nous mîmes à marcher en équilibre sur les murets qui divisaient le parking en plusieurs carrés. En plein milieu d'une arabesque, Tulipe annonça brusquement à Marcie que le gérant de Harry's lui avait proposé le matin même un travail régulier pour le samedi.

– Arrête, rétorqua Marcie. Personne ne donne ce genre de travail à des filles de notre âge.

– C'est pas du tout officiel. Il m'a dit que je lui rappelais sa petite sœur qui est morte étouffée en avalant les déchets d'un taille-crayon.

Les déchets d'un taille-crayon! Le petit trait de génie de Tulipe! J'étais tellement en colère, je trouvais cela tellement stupide (et je lui en voulais aussi de m'ignorer si impitoyablement) que lorsqu'elle sortit de sa poche une chaîne en or que je n'avais jamais vue et qu'elle la fit tourner au bout de son doigt, je laissai Marcie poser les questions.

— D'où tu sors ça?

— C'est à moi.

— Mais c'est de l'or, c'est pas du toc?

— Bien sûr que c'est de l'or.

— Je peux voir?

— Tu la vois.

— Non, je veux dire, je peux la prendre dans ma main?

Ravie d'avoir éveillé l'intérêt de Marcie, Tulipe laissa tomber la chaîne dans sa main.

Marcie se tourna vers le soleil pour l'examiner.

— C'est vraiment de l'or. Il y a le petit signe, là. (Elle leva les yeux vers Tulipe:) Ça ne peut pas être à toi.

— Si, c'est à moi.

— Tu parles! Ça doit valoir une fortune.

Le ton exaspéré que je connaissais si bien perça dans la voix de Tulipe.

— Et pourquoi elle ne serait pas à moi?

Marcie ne répondit pas. Elle se contenta de toiser Tulipe en posant un regard dédaigneux sur son chapeau avachi, son pantalon élimé et sa veste râpée. Il n'y avait rien à ajouter.

Contrariée, Tulipe lui arracha la chaîne et la lança le plus loin qu'elle put. Elle vola au-dessus du parking et tomba avec un petit tintement dans la grande poubelle métallique posée près du muret.

Nous ouvrîmes des yeux ébahis et, sur ce, Tulipe dit à Marcie :

– Je ne la veux plus. Si tu la retrouves, elle est à toi.

Marcie hésita juste un peu trop longtemps. Puis, se sentant humiliée d'avance à l'idée de fouiller dans une poubelle pour trouver un objet jeté par Tulipe, elle tourna les talons.

– J'en veux pas de ta chaîne !

Elle partit sans ajouter un mot. Quelque part, je mourais d'envie de la suivre. Je savais que je pouvais lui prendre le bras et lui dire : « Je suis sûre que Tulipe l'a volée » et dans l'enthousiasme du moment, nous serions devenues amies. Je me disais même que quand elle retournerait vers Claire, elles me prendraient avec elles.

J'étais encore en train de la regarder s'éloigner avec tristesse, lorsque Tulipe me dit :

– Bon, je rentre chez moi.

J'allai avec elle jusqu'au pont. Nous n'étions pas encore tout à fait rabibochées et nous n'avions pas envie de parler. Tout ce dont je me souviens, c'est qu'à un moment elle essaya de trouver quelque chose au fond de son cartable et ses affaires n'arrêtaient pas de tomber. Alors elle se tourna vers moi :

— Aide-moi, dit-elle. Prends-moi ça.

Et elle me tendit son chapeau.

Deuxième partie

Chapitre 1

Ce fut Julius qui commença. Un matin nous étions assis sur le muret de la véranda, plongés dans la lecture de son livre d'orthographe, lorsque soudain il me dit :

— Tu sais, Tulipe c'est une sorcière.

— Arrête tes bêtises.

— Mais si, affirma-t-il. Elle sait toujours exactement ce que je pense.

— Personne ne peut savoir ce que tu penses.

— Tulipe le sait.

— On continue, tu veux bien ? Tonneau.

Il ânonna :

— T... o... n... n... e... a... u. Hier, elle savait quel gâteau je voulais. Quand Maman a fait passer l'assiette, Tulipe a lu dans mes pensées pour savoir lequel je voulais. Et elle l'a pris.

— Tu devais tellement loucher dessus…

— Non, dit-il d'un air grave. Avant j'étais assez bête pour faire ça. Mais il y a longtemps que je ne le fais plus. Là j'ai seulement pensé.

Il se tortilla sur le muret comme s'il était mal assis.

— Mais après elle y est arrivée aussi.

— À quoi?

— À savoir ce que je pensais.

— Julius…

— Et après, acheva-t-il en toute hâte, j'ai appris à m'obliger à penser à un autre gâteau. Si je veux le seul gâteau à la noix de coco qu'il y a sur l'assiette, je pense de toutes mes forces: «Je veux le gâteau au chocolat.» Et pendant un moment, ça a marché, elle ne devinait plus. (Il croisa les doigts et retourna ses mains avec nervosité.) Mais ça ne marche plus. Maintenant elle ne se fait plus avoir. Elle sait ce que je pense vraiment.

Pas moyen de le raisonner. Tulipe était une sorcière. Et c'est sans doute à cause de cela que j'ai commencé moi aussi à douter. À partir de ce jour, je ne fus plus très sûre que mes pensées étaient bien à moi. Au début, ce n'était qu'un petit jeu. (Pas de ceux auxquels nous jouions ensemble. Un jeu à moi que je n'ai jamais partagé avec elle.) Je m'imaginais que, si elle voulait, elle pouvait lire dans mes pensées et même envoyer ses propres pensées tournoyer dans ma tête et s'y installer comme chez elles. J'essayais de laisser mon esprit ouvert, d'en faire une ardoise vierge au cas où ça pourrait vraiment se produire. Ça me faisait une drôle d'impression, j'avais le sentiment d'être une marionnette et j'y prenais goût. Bientôt, même quand nous étions occupées à autre chose, je jouais secrètement à ce petit jeu, j'invitais le «génie de Tulipe» à «entrer» dans ma tête.

— On joue à *Gens tout gris*? me demandait-elle.

— Si tu veux.

— C'est moi qui commande, d'accord?

— D'accord. C'est toi qui commandes.

— Bon. D'abord on passe par le bar, après on fait le petit salon. Et après, la véranda.

— Très bien.

On aurait dit que je n'avais aucun caractère. Et croyez-vous que ça finissait par l'ennuyer de jouer avec un pantin qui faisait ses quatre volontés? Pas du tout. Ça lui convenait parfaitement. Nous traversions en silence les pièces qu'elle avait désignées, en regardant d'un air méprisant tous ces gens aux visages incroyablement tristes qui passaient une heure à tourner leurs cuillers dans leurs tasses ou à regarder au loin, les yeux dans le vague, ou à fouiller dans leurs sacs à main. Est-ce qu'ils pensaient au moins? Et si oui, pensaient-ils à des choses intéressantes? Ou bien étaient-ils juste ce dont ils avaient l'air: des gens avec des cerveaux aussi gris et inertes que leurs visages?

Papa nous repéra alors que nous entamions notre troisième circuit.

– Allez, les filles. Sauvez-vous. Les gens ont besoin de calme, ici.

Et nous partions, pour aller jouer à *La plage déserte* dans les couloirs des étages ou au *Gros gueulard* près du bar. Selon le désir de Tulipe. Elle a dû remarquer que j'étais différente. Mais elle n'en a jamais rien dit. Même à cette époque, ça me dérangeait. Que pouvait-elle en penser? Devinait-elle ce qui se passait? Une fois, je me souviens, elle venait de m'envoyer à l'autre bout du grand hall pour chiper à la réception quelques feuilles de papier à en-tête. Et juste en partant, je me suis retournée. Il y avait un sourire odieux sur son visage. Oh cet air prétentieux et supérieur!

Je revins docilement avec le papier mais, bizarrement, à ce moment-là, je me rebiffai, alors que je m'étais promis de rester soumise.

– Je ne vois pas pourquoi c'était à moi d'aller le chercher.

– Ah, tu ne vois pas?

Son ton était méprisant. Et son regard disait très clairement: «Je sais pourquoi tu m'as choisie comme copine. Mais maintenant je suis sûre et

certaine que toi aussi, toi qui es pourtant tellement bête, tu as enfin compris pourquoi j'ai
choisi quelqu'un comme toi.»

Chapitre 2

Un jour, j'étais à deux doigts d'être sauvée, et, allez savoir pourquoi, au dernier moment, ça a échoué. Je repense à l'époque où Tulipe et moi avons quitté l'école du village pour un collège en ville, Talbot Harries. Je n'avais pas compris qu'il se tramait quelque chose, jusqu'au jour où Papa vint nous trouver dans notre repaire.

– Alors, mesdemoiselles, qu'est-ce que vous faites de beau, aujourd'hui?

Tulipe se leva et frotta ses genoux pleins de petits brins d'herbe. Nous étions en train de jouer à espionner les clients (le genre de jeu dont nous ne nous vantions pas) et il avait dévoilé notre cachette en marchant droit sur nous. Notre proie s'éloigna.

– Pas grand-chose. Pourquoi?

– Pour rien.

Il regarda autour de lui d'un air détaché. De toute évidence il voulait quelque chose mais il ne savait pas comment aborder le sujet sans être trop maladroit. À ce moment-là, un des serveurs apparut sur la véranda et lui fit un petit signe qui voulait dire : « on a besoin de vous au restaurant ».

Alors Papa en vint directement au fait.

– À quel collège iras-tu à la rentrée, Tulipe ? Talbot Harries ?

Elle fit une grimace.

– Je crois. En tout cas, c'est ce que j'ai compris.

Le serveur était revenu. Apparemment, il y avait un enquiquineur parmi les clients du restaurant.

– Donc, tu seras encore avec Nathalie, lui dit Papa d'un ton guilleret. (Puis :) Excusez-moi, les filles !

Il retraversa la pelouse d'un pas pressé. Je n'eus pas le courage de regarder Tulipe. Tout à coup, comme quelqu'un qui se noie, j'avais envie de lever un bras pour qu'on vienne me sauver. Mais je ne voulais pas montrer que je savais que Papa mentait, car Tulipe l'aurait lu sur mon visage.

– Regarde les paons, dis-je. Je déteste leur façon de marcher, ils sont ridicules.

Tulipe fit comme si elle ne m'avait pas entendue.

– S'il a l'intention de nous séparer, dit-elle l'air pensif, il faudra qu'il se donne un peu plus de mal que ça.

Le soir même, je surpris une conversation qui me révéla le plan.

– Je crois qu'on devrait envoyer Nathalie à Heathcote.

– Pourquoi Heathcote?

– Pourquoi pas? Je sais que c'est beaucoup plus loin, mais plusieurs enfants du village y vont.

Voyant que je les observais, il baissa la voix. Il prit Maman par le bras et la fit entrer dans le bureau. Je n'entendis pas la suite. Mais les jours suivants, Maman n'arrêta pas d'essayer de me sonder.

– Ça te plairait, Nathalie? Ça fait un long trajet en bus.

Je haussai les épaules.

– Tu ne verrais plus beaucoup…, elle hésita, certaines de tes copines.

Je haussai encore les épaules. Je savais que si on m'envoyait à Heathcote, je ne verrais plus Tulipe ni le matin, ni le soir. Je partirais trop tôt et je rentrerais trop tard. Par contre, il resterait les week-ends. (Je pouvais être tranquille: Tulipe ne serait pas poursuivie par des hordes de fans brûlant de prendre ma place.) Mais à coup sûr, dans une nouvelle école, avec de nouveaux professeurs, de nouveaux élèves, de nouvelles têtes dans le bus, j'arriverais à me faire de nouveaux amis.

Le formulaire d'inscription était dans le casier

du courrier « arrivé », à la réception. Je le parcourus des dizaines de fois en cachette. *Heathcote, Collège d'enseignement secondaire.*

Date limite d'inscription : mardi 18 août.

J'aurais pu le remplir moi-même, c'était tellement facile. *Nom. Adresse (s). Date de naissance. Écoles précédentes. Prénoms et âges des frères et sœurs. Problèmes de santé (le cas échéant).*

La veille de la date limite, je ne tenais pas en place. Chaque fois que Papa passait une porte ou se raclait la gorge, j'espérais qu'il allait me dire : « Bon, c'est décidé, Nathalie. Tu vas à Heathcote. »

Le lundi, le boucher se trompa dans la livraison et deux garçons de salle partirent en claquant la porte. Le mardi, Julius reçut un petit morceau de gravier dans l'œil ; et il le frotta si fort qu'il fallut aller à l'hôpital pour le soigner. Le mercredi, il y eut l'inspection des cuisines. Tout s'arrête dans ces cas-là. Le jeudi je restai dans les parages, à me demander si Papa n'allait pas brusquement dévaler l'escalier en me disant : « Si tu veux voir comment c'est, Nathalie, viens donc avec nous », mais il ne se passa rien. Personne n'alla nulle part. Et quand je fouillai dans les papiers, dans le casier du courrier, je vis que le formulaire n'était toujours pas rempli.

Tulipe apparut le lendemain matin après une semaine d'absence. Papa la croisa dans l'escalier et soudain il eut l'air préoccupé. Elle le salua comme d'habitude avec son petit sourire effronté.

— Bonjour, M. Barnes.

— Bonjour, Tulipe.

Elle fit sautiller légèrement ses doigts sur la rampe et continua à monter. Lui, descendit en hâte. Je le vis foncer à la réception et fouiller dans le bac de courrier.

Maman sortit du bureau.

— Qu'est-ce que tu cherches?

Il le tira de la pile.

— Oh zut, dit-elle. Quelle barbe! C'était jusqu'à quand?

— Jusqu'au 18. Hier.

— Ça vaudrait peut-être la peine d'y aller et d'insister pour qu'ils la prennent quand même, non?

Il jeta un coup d'œil à sa montre.

— Les Newsam vont arriver d'une minute à l'autre pour qu'on revoie en détail leur repas de mariage.

— Je peux voir ça avec eux.

— Je croyais que tu devais emmener Julius à la visite médicale.

— Ah oui, c'est vrai.

Il y eut un silence embarrassé. Je les observais d'en haut. Tulipe me regardait. Et soudain je compris, ça ne faisait pas l'ombre d'un doute: elle s'était volontairement abstenue de venir pendant une semaine pour que Papa relâche sa vigilance.

Maman essaya de se débarrasser de cette impression de malaise.

– Je suis sûre qu'il n'est pas trop tard. On y réfléchira quand on aura un moment, d'accord ?

Papa vit Tulipe qui flânait dans l'escalier.

– Oui, c'est ça, quand on aura un moment, dit-il en s'éloignant d'un pas pressé.

Ce fut le dernier mot que j'entendis à ce sujet. Le formulaire resta dans le casier encore une semaine puis il disparut. Les derniers jours passèrent à toute vitesse. (Nous avions trouvé une lucarne dont le système d'alarme était cassé et nous jouions à l'*Observatoire d'astronomie* derrière les garde-fous.) Et le 1er septembre, j'allai prendre le bus. Nouveau trajet. Nouvel uniforme. Nouveau collège. Nouveaux professeurs.

Et ma bonne vieille Tulipe, comme d'habitude.

Chapitre 3

Je détestais ce collège, Talbot Harries. Elle aussi. Je détestais le vert caca d'oie des salles de classe, les couloirs étroits, les vestiaires sonores et les sonneries stridentes. Je détestais le travail, le ton moqueur des profs. Je détestais la nourriture.

Et je détestais être seule. Quelqu'un nous avait vendues. Nous ne sûmes jamais si c'était Papa ou les instituteurs de notre ancienne école. Mais nous n'étions pratiquement jamais ensemble en cours. On nous avait mises dans deux classes différentes. Il m'arrivait d'apercevoir Tulipe quand nos chemins se croisaient dans quelque escalier grouillant d'élèves, et je lui lançai, pleine d'espoir: «On se retrouve à la récré, dans l'escalier de service!»

Mais elle était rarement au rendez-vous, et chaque heure de cours me paraissait interminable. J'étais un paquet de nerfs, je sursautais chaque fois que quelqu'un élevait la voix dans un couloir, je me rongeais les ongles jusqu'au sang et je n'arrivais pas à me concentrer sur ce que disaient les profs, à cause des larmes brûlantes qui me piquaient les yeux.

«C'est ta faute tout ça! hurlai-je à Julius quand il me trouva en train de pleurer sur mon cahier, parce que je n'arrivais pas à faire mes devoirs. Si tu ne t'étais pas mis un bout de gravier dans l'œil, je serais à Heathcote, aujourd'hui!»

Il tourna les talons. Je pensai qu'il était allé moucharder. Mais non. Il revint quelques minutes plus tard avec un tas de bonbons à la menthe qu'il avait chipés dans une coupe, dans le petit salon. Tandis que je suçais un bonbon pour me consoler, Julius me tapotait l'épaule. Cela ne m'aidait pas du tout à me concentrer sur mes devoirs, mais je n'eus pas le cœur de le chasser. Ce n'était pas la faute de Julius s'il était le préféré de Maman et si tout ce qui le concernait avait toujours la priorité sur le reste. Le cours de gym acrobatique de Julius. Le rendez-vous de Julius chez le pédiatre. Acheter un pantalon à Julius. Ce n'était pas lui qui demandait toute cette attention. D'ailleurs Maman n'avait pas besoin d'être sollicitée. Tout le monde avait remarqué que même après que le lapin en peluche et le pauvre vieux M. Haroun avaient été depuis longtemps relégués sur l'étagère des vieux joujoux autrefois adorés, Maman aimait toujours Julius comme un bébé. Même quand il se montrait pressé de sortir de la voiture, qu'il s'énervait après la poignée et qu'il avait déjà la tête ailleurs, elle se jetait sur lui avant qu'il ne descende.

«Dis-moi au revoir comme il faut, chéri. Fais encore un bisou à Maman.»

En tout cas, il ne pavoisait pas; il ne se glorifiait pas de toujours passer le premier. Parfois même, il avait l'air triste, comme s'il trouvait que j'étais la plus heureuse de nous deux et que j'avais bien de la chance que personne ne se soucie de ma présence, ou de mon absence, ou de mon humeur.

– Excuse-moi, répétai-je en reniflant.

Et il me tapota plus fort.

– Tu sais, dit-il, je vais aller leur dire que tu pleures.

C'était vraiment gentil de sa part. Ce n'est pas facile d'attirer l'attention sur soi dans un grand hôtel (quand on ne paye pas pour cela). Mais si c'était Julius qui y allait, Maman lèverait la tête tout de suite.

Je refusai d'un signe de tête.

– Non, vraiment ce n'est pas la peine. Ça va aller.

J'étais sûre que ça irait mieux. C'est dur pour tout le monde d'entrer au collège. C'est fatigant et très éprouvant pour les nerfs. Aussi, j'étais toujours folle de joie quand je voyais Tulipe m'attendre sur les marches à quatre heures et demie.

Je me précipitais sur elle et je la harcelais de questions.

— Où étais-tu? Je ne t'ai pas vue au cours de gym: j'ai regardé à travers la vitre en passant. Tu te cachais dans le vestiaire?

Elle avait un de ses petits sourires en coin et disait:

— Je te le dirai plus tard. Viens, on sort d'ici.

Elle me prenait par le bras et nous croisions tous nos anciens camarades. Suzanne et Jeannette, avec leurs nouvelles copines, William et James, qui avaient enfin été admis dans le «clan des caïds». Nous descendions d'un pas nonchalant jusqu'à notre arrêt de bus.

J'entendais les pas précipités des autres, derrière nous.

— Voilà le bus.

Elle penchait la tête de côté.

— Qu'est-ce qu'on fait? On rentre ou on fait une partie de *Ravages*?

Et j'étais tellement contente d'être enfin sortie du collège et de ne plus être seule, que je répondais ce qu'elle avait envie d'entendre:

— On fait une partie de *Ravages*.

Tandis que le bus démarrait, dans un souffle qui faisait voleter nos jupes, nous disparaissions dans notre petit chemin.

Chapitre 4

«Ravages» était un bien grand mot. Nous ne faisions que des choses vraiment bêtes comme de narguer les gens qui passaient, ou de dire à des vieilles dames qu'elles ne pouvaient pas prendre leur raccourci habituel parce que la police venait d'y trouver le cadavre d'une personne égorgée, ou encore de se cacher derrière un mur pour lancer des boulettes de boue sur des femmes bien habillées. («Il ne faut pas les gâcher en les jetant sur les hommes, ordonnait Tulipe. Les hommes s'en foutent, en général.»)

Parfois, c'était bête et même méchant. Nous attendions la sortie des garderies pour suivre les jeunes mamans qui allaient à la poste. Nous faisions semblant de regarder le tableau des timbres jusqu'à ce que tout le monde ait le dos tourné. Et là, Tulipe enfonçait une de ses brindilles spécialement sélectionnées – courte mais solide et bien rigide – dans les rayons d'une roue de la poussette la plus proche. Ensuite, l'air de rien, nous prenions la file d'attente et nous observions avec jubilation les mères qui poussaient, tiraient, et trituraient, exaspérées, le frein de la poussette. Une fois, l'une d'elles éclata en sanglots, et j'eus mauvaise conscience. Mais la plupart du temps, j'adoptais la position de Tulipe. C'était «marrant», ça faisait «passer le temps», rien de plus.

Deux fois seulement, je suis intervenue pour qu'elle arrête. La première fois, c'était le jour où elle a commencé à casser des bouteilles de lait. La deuxième fois, quand elle a sorti un lapin de son clapier.

Nous nous étions déjà amusées avec des animaux. Des animaux morts. Tant qu'on n'en cherche pas, on ne peut pas imaginer le nombre de petits animaux et d'oiseaux morts qu'on peut trouver dans une petite ville. (Parfois, je me dis que je ne pourrai plus jamais voir un cadavre d'animal sur la route sans penser à Tulipe.) Elle les retournait du bout de sa chaussure.

— Il m'a l'air bien, celui-là, disait-elle d'un air très sérieux. Oui, ça ira.

Elle le ramassait et le mettait dans un des vieux sacs en plastique qui jonchent les rues d'Urlingham et elle le portait ainsi — comme elle aurait porté une miche de pain ou un kilo de tomates — jusqu'à ce que nous trouvions l'endroit adéquat.

— Là-bas, il y a un clapier.

En quelques secondes nous avions enjambé le grillage.

— Il est vide?

— Aucune importance.

C'était vrai, ça n'avait pas d'importance. Je la regardais pousser des lapins dodus de leur litière de paille pour mettre à leur place un pigeon ou un merle mort.

— Mais, s'il y avait quelqu'un dans la maison!

— Oh! (Elle regarda dédaigneusement la fenêtre de la cuisine ornée de coquets petits rideaux à festons.) Il n'y a personne qui nous regarde, en tout cas.

Je vérifiai moi-même aux fenêtres de l'étage. Mais il n'y avait aucun signe de vie, aucune silhouette en mouvement.

— Alors, tu y vas ou j'y vais?

— J'y vais.

Je lui fis la courte échelle. Il n'y avait pas moyen d'arrêter Tulipe une fois qu'elle était lancée, donc mieux valait régler l'affaire au plus vite. Elle atterrit avec légèreté de l'autre côté. Je lui passai le sac tout boueux et elle traversa la pelouse en sautillant, aussi tranquillement que si elle était chez elle.

Je la regardai ouvrir la porte du clapier.

— Salut, Jeannot Lapin.

Elle le prit par les oreilles et le souleva.

J'avais horreur de ça. Je savais que les gens disaient qu'ils ne sentaient rien, mais je n'en croyais pas un mot. Et il y avait quelque chose dans la façon dont elle le faisait – lentement, posément, presque avec plaisir – qui m'exaspérait et m'incitait à longer le grillage pour trouver un passage.

Le temps que j'arrive, elle lui avait mis les mains sur les yeux.

– Il fait noir, hein, mon coco?

Il fallait faire attention. Elle pouvait changer d'attitude en un clin d'œil. Alors je risquai:

– Je peux le tenir un peu, Tulipe? Juste un petit peu?

Elle secoua la tête.

– Première arrivée, première servie.

– S'il te plaît, suppliai-je. Donne-le-moi.

Elle me fit un sourire méchant.

– Qu'est-ce que t'en sais si c'est un mâle? C'est peut-être une femelle.

– Qu'est-ce que ça peut faire? Tu pourrais quand même me laisser le caresser.

– Tu pourras le caresser si tu devines juste.

Elle retourna le lapin qui ne se débattit pas plus de quelques secondes.

– C'est une femelle. Elle est à moi.

– Non, Tulipe, elle n'est pas à toi.

– Maintenant, si.

Tulipe chantonna à l'oreille du lapin :

– Tu es sûrement une petite lapine maligne ? Tu vas être bien sage, hein ? Qui c'est la petite chérie de Tulipe ? Elle ne va pas faire d'histoires, hein ? Oh non. Elle ne va pas faire ça. Parce qu'elle aime bien être là, hein ? Et si elle se débat, elle risque d'avoir bobo.

Au ton de cette dernière phrase, je compris que j'étais en train d'assister à quelque chose d'atroce qui ne concernait pas du tout le lapin qu'elle tenait dans ses bras. Quelque chose de plus noir, bien plus noir, caché, venant du plus profond de Tulipe.

Je m'entendis lui ordonner :

– Pose-le !

C'était comme si j'avais rompu le charme. Le regard étrange disparut de son visage. Elle reposa brutalement le lapin sur sa litière de paille et s'éloigna. Je refermai d'un coup sec la porte du clapier.

– Vite ! m'écriai-je. Quelqu'un nous regarde, dépêche-toi !

Elle ne se laissait pas gruger aussi facilement. Pour me le prouver, elle avança jusqu'au grillage en prenant tout son temps et en coupant les têtes des fleurs au passage. Ça m'était égal. Moi, je repassai par-dessus aussi vite que possible puis, ragaillardie par le soulagement que j'éprouvais à être de l'autre côté, je me mis à nouveau à sa disposition.

— Qu'est-ce qu'on fait maintenant, Tulipe ? C'est toi qui décides.

Chapitre 5

C'est cette année-là que nous avons commencé *Les petites visites*. Je ne sais pas ce qui nous a pris. Je me rappelle qu'un jour, toutes guillerettes, nous passions bras dessus, bras dessous devant la maison de quelqu'un d'inconnu et que l'instant d'après, nous étions sur le perron et Tulipe appuyait d'un doigt décidé sur la sonnette.

— Oui? C'est pour quoi?

Je ne sais pas évaluer l'âge des gens. Elle était plus vieille que Maman et plus jeune que la plupart des mamies.

— Pourriez-vous nous indiquer le chemin du château?

— Le château? s'exclama la dame stupéfaite. Il n'y a pas de château ici.

— Le château d'Url, insista Tulipe.

Ce nom était tellement farfelu que je faillis éclater de rire.

— Ah, non. Ce n'est pas ici.

Mais aucune de nous deux ne bougea. Et la dame finit par nous faire entrer. Tandis qu'elle fouillait dans un tiroir parmi un tas de prospectus, nous échangions des regards et des grimaces de dégoût pour nous moquer des tableaux accrochés au mur.

— Je regrette, dit-elle enfin en refermant le tiroir, je n'ai rien trouvé.

Mais Tulipe ne bougea pas et moi non plus.

— Il va falloir que vous partiez, dit la dame au bout d'un moment.

Tulipe la regarda droit dans les yeux. Moi j'observai Tulipe, la suppliant intérieurement de ne pas insister, de ne pas nous attirer d'ennuis. Je la vis esquisser son sourire hypocrite.

— Merci d'avoir cherché, en tout cas.

Pour ma part, je m'empressai de prendre l'air affable qu'affichait mon père quand il s'adressait à ses clients.

— Oui. Merci d'avoir cherché.

Elle nous regardait toujours avec perplexité lorsque, arrivées à la grille, nous nous retournâmes encore une fois.

— Au revoir, lui lança gentiment Tulipe. Et merci encore.

La femme ne fit pas un geste. Je me demandais si Tulipe était tombée par hasard sur une personne particulièrement méfiante ou si, dans la prochaine maison qu'elle choisirait, nous tomberions sur quelqu'un d'encore plus soupçonneux.

– C'est ton tour, me dit Tulipe.

Elle me fit monter et redescendre la rue en courant, jusqu'à ce que je sois en nage et rouge comme une pivoine. Alors je frappai à la porte.

– Excusez-moi de vous déranger. Mais pourrais-je entrer boire un verre d'eau?

Le monsieur d'un certain âge regarda en détail mon uniforme, comme pour s'assurer que ce n'était pas un déguisement.

– Pas la peine d'entrer. Je vais te chercher de l'eau. Reste là.

Il avait dit cela d'un ton sec et, tout en se dirigeant vers sa cuisine, il se retourna à deux reprises.

Je savais que si j'osais franchir le seuil de la maison, il reviendrait en vitesse, que le verre soit plein ou non, et m'ordonnerait de partir.

Il me tendit un verre un peu crasseux.

– Voilà.

Il se planta devant moi et attendit. Je bus quelques gorgées. Tulipe m'avait affirmé que si on arrivait à faire parler un peu la personne, on pouvait très vite entrer. Alors je dis:

– On a des verres comme ça, à la maison.

– Ah bon, répondit-il avec froideur.

Ce n'était pas vrai, évidemment. Les verres du Palace étaient d'une propreté impeccable. Toujours étincelants.

– Bon, dépêche-toi de boire, je n'ai pas que ça à faire.

Je voyais Tulipe qui m'observait par-dessus la haie.

– C'est dur de boire vite, dis-je en hâte. J'ai un problème à la gorge. J'ai du mal à avaler. La dernière fois que je suis allée à l'hôpital, ils croyaient avoir réglé le problème. Ça arrive très rarement chez quelqu'un de mon âge, vous comprenez. Alors tout le monde était désolé quand ça s'est reproduit.

Et j'étais entrée, évidemment. Je ne restai que quelques minutes, jusqu'à ce que j'aie «un peu moins le vertige».

Mais j'avais réussi à entrer.

Chapitre 6

Au fil des mois, Tulipe inventait des défis de plus en plus difficiles.

«Est-ce que je peux téléphoner, s'il vous plaît?»

«Vous n'auriez pas un biscuit pour ma copine?»

«Pourriez-vous me prêter un papier et un crayon?»

Parfois tout marchait comme sur des roulettes. C'en était même étonnant. Tulipe avait d'ailleurs décrété que les gens avec qui c'était trop facile ne comptaient pas. C'étaient des personnes tellement seules que même si nous nous étions présentées masquées et armées d'un couteau, elles nous auraient quand même fait entrer dans leur cuisine. D'autres étaient perplexes ou méfiantes, et du coup c'était encore plus délicat de s'acquitter des tâches que Tulipe nous imposait en supplément, comme par exemple profiter que le propriétaire de la maison avait le dos tourné pour retourner un cadre vers le mur ou pour prendre les ciseaux posés sur la table et les planter dans un pot de fleurs.

Cependant, nous ne restions jamais trop longtemps. On ne sait jamais. Mais il n'empêche que je rentrais souvent tard à la maison. Généralement personne ne s'en rendait compte. (Je ne faisais pas partie de ceux qui entraient par la grande porte et demandaient leur clef à la réception.) Mais parfois, alors que je montais discrètement les escaliers de derrière, je tombais nez à nez avec Maman qui s'étonnait et jetait un coup d'œil à sa montre.

– Tu as raté le bus, ma chérie ?

– Non, non, répondais-je, j'étais en train de bavarder avec Marcie quand M. Phillips nous a demandé d'aller porter quelque chose dans une salle de chimie et...

Je baissais la voix avant même que Maman n'ait complètement disparu derrière les portes. Elle ne me rappelait jamais pour connaître la fin de mon explication. Je me demande même si elle m'écoutait. Il y a toujours tellement à faire dans un hôtel. Elle était constamment occupée. Et souvent, ça m'arrangeait bien. Après la nouvelle invention de Tulipe, *Les nuits sauvages*, il fallait des heures avant que mon cœur cesse de battre et que j'arrête de me dire, chaque fois que le téléphone sonnait, que c'étaient les pompiers ou la police.

Je me demande pourquoi j'ai été tellement

surprise quand elle a inventé *Les nuits sauvages*.
Tulipe avait toujours eu la passion du feu. Les
bougies, les allumettes, les feux de Bengale, les
feux de jardin, elle adorait. Combien de fois Papa
l'avait-il surprise derrière les poubelles en train de
mettre le feu à du papier juste pour le plaisir de
le voir s'embraser puis se recroqueviller à ses pieds
dans un rougeoiement orange? Quand elle avait
du beau papier cadeau, elle passait des heures
assise à découper des bandes qu'elle jetait une à
une dans la cheminée du petit salon.

— Regarde! Regarde ce bleu-vert!

— On dirait des plumes de paon.

Son visage éclairé par la lueur du feu se cris-
pait dans un air de dédain.

— Non, non. C'est bien plus vert et bien plus
bleu que ça. Ces couleurs-là sont *magiques*.

Nous aidions toujours le jardinier à brûler les
branchages. Enfin, moi, je l'aidais. Elle se contentait de creuser des galeries dans les feuilles pourries pour mieux voir le tas d'herbes brûler de
l'intérieur.

— Remue-toi un peu, Tulipe. J'ai déjà rap-
porté trois grands sacs pendant que tu étais plantée là.

— Chut! Laisse-moi tranquille.

Le jardinier me poussait du coude.

— Ne t'approche pas trop, me disait-il. Tu ne

vois pas que Tulipe est en train de vénérer son dieu du feu?

Il plaisantait. Mais franchement, on aurait pu penser qu'elle était à l'église, tellement elle était immobile, grave, silencieuse. Ce n'était pas comme pendant les *Nuits sauvages*. Quand nous jouions à ça, une sorte d'excitation malsaine dominait chacun de ses gestes, chacun de ses mots. Elle me poussait, m'obligeait à avancer vers l'endroit qu'elle avait choisi, tandis que je la suppliais de ne pas y aller.

— Oh, écoute, Tulipe, je t'en prie. On prend le bus et on rentre directement.

— T'as pas le courage, hein? Espèce de trouillarde!

Et parfois pire que ça. Un jour, un passant l'entendit m'insulter si grossièrement qu'il s'arrêta, stupéfait, pour la dévisager.

Elle lui fit une grimace et continua à me provoquer.

— On va avoir des ennuis, pleurnichai-je.

— Et alors?

Alors je ne disais plus rien. C'est vrai que l'idée d'avoir des ennuis m'inquiétait follement, mais je ne voulais pas qu'elle le sache. Et, de toute façon, elle n'aurait pas compris.

Les choses étaient tellement différentes, chez elle. Tulipe m'en parlait très peu, mais en tout cas je savais qu'elle était systématiquement punie pour des choses aussi anodines que de faire tomber une fourchette par terre ou de laisser un robinet goutter ou de ne pas réagir assez vite quand M. Pierce l'appelait. Son père se jetait brusquement sur elle et ne la lâchait plus jusqu'à ce que sa mère, pourtant si timide, ne puisse plus faire comme si elle n'avait pas remarqué ce qui se passait. Elle se levait et tentait d'arrêter son mari qui retournait sa violence contre elle.

— Peu importe ce que je fais, m'avait expliqué Tulipe. Il s'en prend d'abord à moi pour pouvoir ensuite la tabasser.

Donc il n'y avait pas moyen de l'arrêter en lui parlant d'«ennuis». Elle m'agrippait par mon manteau et me tirait.

— Allez viens, Nathalie! J'ai tout organisé.

Parfois, je m'attardais, cherchant une excuse.

— Non, pas ce soir. J'ai promis à Maman de l'aider à faire les menus de la semaine prochaine.

Elle inclinait la tête et disait d'un air sarcastique :

— Oh, le petit bébé veut rentrer à la maison pour voir sa maman?

Je détestais qu'elle se moque de moi.

— Bon d'accord, disais-je. Mais un petit truc, alors.

— Un petit tour chez le marchand de bonbons?

— Non, il nous surveille tout le temps, Tulipe. Il sait, je te dis.

— Bon, alors la *Serre qui explose*?

— Non!

Elle me fit une dernière proposition.

— Un feu de poubelle! Ce ne sont que des ordures, après tout.

— Va pour le feu de poubelle. Mais un seul.

— Un seul.

— Promis, Tulipe?

— Promis, juré.

Elle ouvrait grands ses yeux pour confirmer sa promesse, comme elle allait le faire une demi-heure plus tard pour regarder les flammèches orange qui jaillissaient comme par magie de la poubelle d'un inconnu.

— Tulipe, tu avais promis! Tu avais dit un seul.

— Je voulais dire un seul de plus, pauvre idiote!

Elle était odieuse avec moi. Toujours grossière, toujours méchante. Mais je ne sais pas pourquoi, ça ne me faisait rien. Je crois que j'acceptais ses insultes comme on accepte le mauvais temps. Je baissais la tête et m'accrochais à la mission que je m'étais fixée: l'empêcher de s'attirer des ennuis. Un jour, par exemple, je lui arrachai des mains le paquet qu'elle s'apprêtait à envoyer à Mme Bodell.

— Tu ne peux pas poster ça!

— Pourquoi?

— On n'a pas le droit de mettre des trucs comme ça dans une boîte à lettres.

Je le jetai aussi loin que je pus sur la route et regardai avec satisfaction une voiture rouler dessus.

— Heureusement que je n'avais pas mis de timbre, dit-elle sans même se fâcher.

De la même façon, je confisquais une à une ses cartes de vœux pleines de grossièretés au moment où elle finissait de les écrire.

— Tulipe, c'est vraiment du gâchis. Tu as passé des heures à écrire ces remarquables lettres et je suis obligée de les déchirer et de les mettre à la poubelle.

— Personne ne t'y oblige.

Et c'était vrai. Personne ne m'y obligeait. Mais, d'une certaine façon, j'étais persuadée que c'était faire œuvre utile que d'empêcher Tulipe d'exécuter les mauvais coups qu'elle passait son temps à mijoter. Pour moi en tout cas, c'était important. Cela me donnait une raison de rester avec elle. Car j'avais besoin de Tulipe. Quand j'étais tranquille et que je faisais sagement ce qu'on me disait de faire sans histoire, Tulipe vivait dans mon jardin secret. Tandis que les professeurs me regardaient sagement assise à ma table, j'étais avec Tulipe sur la colline d'en face et je regardais les autres entrer et sortir des classes. Quand je répondais aux questions des clients du Palace, répétant toujours les mêmes choses, souriant toujours, intérieurement je jurais aussi fort qu'elle. Et chaque fois que Maman passait à côté de moi sans me voir, parce qu'elle cherchait Julius, je sentais monter en moi des colères silencieuses qui auraient fait rougir Tulipe.

J'étais aussi mauvaise qu'elle et, le comble, c'était que personne ne s'en rendait compte. Même Papa n'y voyait que du feu.

– Tu es pâlotte. Tu es sûre que tu dors bien?

– Je vais très bien.

Il m'obligeait à tourner la tête vers la lumière.

– Pourtant, tu as des cernes sous les yeux.

– J'ai eu beaucoup de devoirs à faire ces temps-ci.

– Oh, à d'autres! disait-il d'un air moqueur.

Mais je voyais bien qu'il me croyait. Et pourquoi pas? C'était bien plus facile et ça prenait moins de temps que d'essayer de savoir la vérité.

Chapitre 7

Le printemps arriva et Tulipe devint de plus en plus hargneuse. Elle me claquait les portes au nez, donnait de grands coups de pied dans le cadenas de mon vestiaire ; elle était tellement haineuse que je pris moi-même l'initiative de garder mes distances pendant d'assez longues périodes. Un jour, je la trouvai dans les toilettes des filles en train de griffonner des gros mots sur le mur, au-dessus des lavabos. Et comme si nous nous étions quittées la veille, je recommençais à essayer de la raisonner.

— Tulipe, ils viennent juste de repeindre, ici. À quoi ça sert de tout abîmer tout de suite ?

Elle creusait le plâtre avec la clef de son cadenas.

— C'est leur faute ! Ils n'avaient qu'à pas choisir cette couleur ignoble !

— Qu'est-ce qu'elle a d'ignoble ?

— Elle est nulle, c'est tout. Rose ! Rose pour les gentilles petites fi-filles.

— C'est mieux que le vert hideux qu'il y avait avant.

— Moi, j'aimais bien ce vert.

— Avant tu disais le contraire. Tu n'arrêtais pas de critiquer ce vert.

Un morceau de plâtre sauta du mur.

— Oh, la ferme, Nathalie!

Elle n'avait jamais été très patiente, mais maintenant, on avait l'impression qu'elle avait tout le temps les nerfs à vif. Elle se mettait en rogne après tout le monde, qu'on soit ou non fâché avec elle. Dès que quelqu'un lui adressait la parole, son visage se figeait dans une expression de rage froide.

Et quand elle n'était pas en colère, elle était méchante.

— C'est franchement moche ce que tu es en train de dessiner, Nathalie.

Je ne levai pas les yeux de ma feuille. À part les activités de plein air – quand on ne nous mettait pas dans des équipes différentes –, les cours de dessin étaient les seuls que nous passions ensemble.

— Moi, au moins, je ne dessine pas la même chose toutes les semaines.

Et c'était vrai. Chaque fois que Tulipe avait une feuille de papier devant elle, elle dessinait des enfants avec de grands yeux mélancoliques, les mêmes que sur les cartes postales à l'eau de rose qu'elle volait sur les portants de la papeterie, près de l'arrêt d'autobus.

Elle fit un paravent de ses mains pour cacher son dessin au moment où Mme Minniver venait vers nous.

– Tu as commencé, Tulipe?

– Non, je réfléchis, d'abord.

Mme Minniver regarda sa montre.

– Il te reste exactement une demi-heure. Quand la cloche sonnera, je veux que tu me rendes une vraie peinture et non pas un de tes petits chérubins qui pleurniche dans un coin de la feuille. Il faut la couvrir entièrement. Allez, au travail.

Tulipe se tourna vers moi et me demanda d'un ton acerbe:

– Alors, c'est quoi?

– Quoi?

– Ce qu'il faut faire!

– Un autoportrait, dis-je avec froideur.

– C'est vrai?

Apparemment, son étonnement était sincère: elle ne savait vraiment pas. Assez calmement, elle prit son pinceau et tira ma boîte de peintures de façon à la mettre plus près de son chevalet que du mien. Puis, avec des gestes brusques, elle commença à piocher dans les couleurs à grands coups de pinceau.

– Tu ne dessines pas ton visage d'abord?

– Je sais comment je suis.

— Mais, tu vas dépasser les bords.

— Je ne fais pas de bords.

Je me penchai pour regarder. Elle tourna son chevalet pour m'empêcher de voir. Je retournai à mon dessin et boudai un bon moment, en silence. Elle ne boudait même pas, elle était complètement absorbée par sa peinture. Elle se mit à fredonner à la manière de sa mère. Je ne supportais pas ce murmure, il me tapait sur les nerfs, mais je ne dis rien. Je me concentrai sur mon travail : mécontente du visage que j'avais dessiné au crayon, je m'acharnai dessus — trop long, puis trop court, puis, à force de gommer, il devint tout sale — lorsque Kirstin vint m'emprunter ma gomme.

— Quelle idée de m'avoir mise à côté de Jérémie ! me dit-elle d'un ton râleur. Qu'est-ce qu'il peut être bête ! Il m'a déjà perdu deux gommes.

— Et moi, regarde avec quoi on m'a collée, dit Tulipe d'un ton méprisant.

Je levai les yeux. Elle était en train de me montrer du doigt.

Croyez-vous que je me sois levée pour la bourrer de coups de poing ? Que je l'aie giflée ? Que j'aie envoyé valdinguer son chevalet et que je lui aie renversé sur la tête le pot d'eau pour rincer les pinceaux ?

Non. J'ai simplement dit d'une voix étouffée :

«Oh, la ferme, Tulipe!» et je me suis remise au travail.

Mais je la haïssais à ce moment-là. Je la haïssais tellement que j'eus du mal à attendre la fin de l'heure pour m'éclipser. Je l'avais vue griffonner, gommer et peinturlurer sauvagement sa feuille. Elle n'aurait pas eu moins d'égards pour des ordures à jeter à la poubelle. J'avais vu son pinceau tout écrasé revenir inlassablement sur le noir, j'avais vu ce qu'il restait du grenat et j'avais vu l'eau de rinçage virer au rouge sang à mesure qu'elle y trempait furieusement son pinceau. J'avais hâte de voir ce que Mme Minniver allait faire de l'autoportrait de Tulipe.

La cloche sonna. Mme Minniver s'arrêta à la hauteur de notre table.

– C'est fini?

Tulipe, totalement indifférente, haussa les épaules et arracha la feuille de papier du chevalet. Mme Minniver la prit. Son visage s'assombrit quand elle vit la peinture, mais sans doute y trouva-t-elle quelque chose d'intéressant, car elle la replaça sur le chevalet et recula de quelques pas pour la regarder de plus loin.

Je cessai de faire semblant de ne pas être intéressée et regardai moi aussi. C'était quelque chose de vraiment étrange. La rage et le mépris avec lesquels Tulipe avait travaillé se traduisaient sur le papier par de violents tourbillons. Tout dans ce dessin était sombre et enragé, chaque détail semblait vous aspirer et vous entraîner dans une ronde où vous n'éprouviez plus que nausées et angoisses. Et chaque fois que l'on regardait un point précis, on sentait son regard attiré vers le centre où, surgissant du noir, deux yeux tristes vous regardaient, toujours les mêmes yeux, mi-suppliants, mi-accusateurs.

J'attendis l'explosion. Serait-il question de «papier gâché» ou d'«insolence idiote»? Ou encore: «Je t'avais prévenue, Tulipe. Plus de ces yeux écarquillés qui s'apitoient sur eux-mêmes»?

Mais Mme Minniver se contenta de dire:

– Regarde-la. Maintenant que tu l'as finie, au moins regarde-la.

Elle posa ses mains sur les épaules de Tulipe et l'obligea à tourner son visage vers le chevalet. Le regard de Tulipe devint dur et froid. Mme Minniver attendit. Mais quand elle comprit que Tulipe ne dirait pas un mot, elle soupira.

– Bon, allez, sauve-toi, dit-elle gentiment.

Tulipe avança la main vers le chevalet pour en arracher la peinture, mais Mme Minniver arrêta son geste.

– Non. Je vais la garder.

Tulipe partit d'un air digne. Je restai pour ranger ses affaires en même temps que les miennes et, me tournant vers Mme Minniver qui était toujours plongée dans la contemplation de la peinture, je lui demandai :

— Est-ce qu'elle va avoir des ennuis ?

— Des ennuis ? répéta-t-elle.

— À cause de tout le ramdam qu'elle a fait et parce qu'elle a encore dessiné ces yeux tristes, alors que vous le lui aviez interdit.

Je m'attendais à tout sauf à un regard aussi méprisant.

Je me sentais tellement déçue, tellement trahie que je m'entendis presque crier, à l'intérieur de moi : «*Pourquoi est-ce que Tulipe s'en sort toujours ? Pourquoi est-ce que jamais personne ne l'arrête ? Pourquoi ? Pourquoi ? Pourquoi ?*»

Au lieu de cela, je pris mon air renfrogné et ajoutai à l'adresse de Mme Minniver :

— Vous nous aviez bien demandé de faire un autoportrait. Un autoportrait et rien d'autre !

Je pensais qu'elle allait m'accuser de «trahir une camarade» ou de «faire mon intéressante». Mais elle se tourna simplement vers la peinture.

— Nathalie, dit-elle aussi gentiment que lorsqu'elle s'était adressée à Tulipe. Regarde cette peinture, regarde-la bien.

Et cette fois, je pris le temps de la regarder. Ma colère et ma déception s'envolèrent. Debout à côté de Mme Minniver, je regardai attentivement l'autoportrait de Tulipe et je fus enfin capable de dire ce que je pensais vraiment :

– Oh, Mme Minniver ! Vraiment, je n'aimerais pas être à la place de Tulipe.

Chapitre 8

Était-ce donc la pitié qui me retenait? De temps
en temps, j'arrivais presque à rassembler assez de
forces pour me détacher d'elle et, chaque fois, il
se passait quelque chose qui me coupait dans mon
élan. Comme le jour où l'on apprit la nouvelle à
propos de Muriel Bougalley.

– Tu te rends compte! On connaît une fille
dont la sœur s'est noyée!

– Arrête de dire ça, Tulipe.

– Mais on pourrait vendre des informations
aux journaux. On pourrait se faire photographier
en train de consoler Jeannette.

– Ne dis pas n'importe quoi. Jeannette ne
peut pas nous sentir, de toute façon.

Les yeux de Tulipe se mettaient à briller.

– Elle doit être dans tous ses états. Je suis sûre
qu'elle ne peut pas s'empêcher d'y penser.

Elle me dégoûtait. Pourquoi fallait-il toujours
qu'elle aille fouiner dans les sentiments des gens?
N'en avait-elle pas à elle, des sentiments, pour
être à ce point obsédée par ceux des autres? En

fait elle n'avait pas pitié de Jeannette, c'était évident. Il y avait sur son visage la même expression que lorsque nous avions donné à James cet infâme paquet-cadeau, et que le jour où elle avait fait pleurer Marcie en lui faisant croire qu'elle avait tout faux à son devoir de maths. Elle prenait tout simplement plaisir à mentir pour aiguillonner les gens, les titiller, les tourmenter et les voir ensuite devenir verts de peur ou éclater en sanglots.

Maintenant, elle répétait à tout bout de champ le nom de Muriel.

— Bougalley. Bougalley. Drôle de nom, hein? C'est peut-être parce que quand on l'a retrouvée, elle était dans la boue, sur des galets.

— Si tu continues à parler de ça, je prends le prochain bus et je rentre chez moi.

Elle ne m'entendit même pas.

— Mourir noyé, tu imagines? Arriver tout près du bord et couler quand même. Et avaler toute cette eau. Je te parie que Jeannette se réveille plusieurs fois la nuit et qu'elle ne peut pas s'empêcher de penser à ça. J'en suis sûre. C'était sa sœur, quand même.

— Tais-toi, Tulipe, c'est horrible.

— C'est vrai, c'est horrible, hein?

Je tournai la tête pour la dévisager. Elle pensait que je voulais dire «c'est horrible de mourir noyé », et non pas « c'est horrible de dire ça ». Et, s'installant plus confortablement sur le petit mur, près de l'arrêt d'autobus, elle continua.

— Ça doit être épouvantable quand tu ouvres la bouche pour respirer et qu'il y a de plus en plus d'eau qui entre dedans. J'imagine que tu en avales tellement que, quand on te repêche, tu dois être toute gonflée. C'est pas comme les petits chats. Un être humain doit essayer et essayer encore de...

Mais je n'écoutais plus. Tout ce qu'il y avait autour de nous — la rue, les voitures, les gens — était noyé dans un brouillard. Et je me revoyais à l'âge de huit ans, tenant la main de mon père par un chaud après-midi d'été, et apercevant Tulipe pour la première fois, immobile comme une statue dans ce champ de blé.

Je n'étais pas encore son amie. Je n'étais pas encore sous son emprise. Et je n'avais pas du tout peur d'elle.

— Tu l'as noyé, ce petit chat, hein ?

Elle interrompit son flot de divagations.

— Quel petit chat ?

— Celui que tu avais dans les bras le jour où je t'ai rencontrée. J'ai toujours pensé que c'était ton père qui s'en était débarrassé. Mais en fait, c'était toi.

— Non, ce n'était pas moi.

Elle l'avait dit avec beaucoup de fermeté, alors que ce n'était pas vrai. Mais j'avais l'habitude. Et soudain je compris comment Tulipe pouvait raconter mensonge sur mensonge et ne jamais se rendre compte que les autres trouvaient ses mensonges totalement absurdes. Elle était persuadée que c'était le monde qui ne tournait pas rond. Si le monde avait tourné rond, si les choses s'étaient passées comme il fallait, elle n'aurait jamais eu besoin de mentir, ni de voler, ni d'être méchante. Si le monde avait tourné rond, elle aurait été une fille bien, une fille gentille – celle qu'elle était au fond d'elle-même avant que les choses ne tournent mal et ne la déforment.

– Si, c'est toi qui l'as fait, insistai-je.

– Et alors, quand bien même ce serait moi ?

– Alors rien, répondis-je en m'efforçant d'avoir l'air sûre de moi. Je me demandais, c'est tout.

– Tu te demandais quoi ?

– Ce que ça fait.

Elle tourna la tête vers moi. Je m'efforçai de ne pas laisser percer la moindre émotion. Je lui fermai mon esprit au nez. Bang ! Vlan ! Rideau !

– Ça ne te regarde pas.

– Je sais, dis-je. C'est juste que je n'avais jamais pensé à ça. Et tu ne me l'as jamais dit.

J'eus droit à cette réplique arrogante, niveau maternelle :

— Tu ne me l'as jamais demandé.

J'avais envie de lui hurler: «Pourquoi je te l'aurais demandé, Tulipe? Qui aurait pu imaginer une chose pareille?» Mais, au lieu de cela, je glissai la main le long du petit mur et j'arrachai une touffe de mousse.

— Ça a pris longtemps? demandai-je d'un air détaché en triturant la mousse.

La vérité allait sortir d'un moment à l'autre, je le sentais.

— C'est pour ça qu'il fallait que je le fasse moi-même, dit-elle d'un ton assuré, fier, presque satisfait. Avec moi, ça durait moins longtemps. On était obligés de le faire, tu sais, sinon, on aurait été infestés. (Je savais que c'était une expression de son père, rien qu'à la façon dont elle l'avait dite.) Infestés. Mais Papa faisait ça n'importe comment. Il les jetait dans une marmite remplie d'eau et il refermait le couvercle. On les entendait gratter pour essayer de sortir. Et ça durait longtemps, longtemps.

J'imaginais bien. En l'écoutant raconter, j'entendais presque les miaulements et les grattements. Le bruit du couvercle qui se soulève comme quand on fait cuire des pommes de terre. Il y avait sûrement un peu d'eau qui s'échappait de la marmite et y faisait entrer un peu d'air, ce qui prolongeait encore la lutte.

Son assurance et son air suffisant avaient disparu. Elle dit d'un ton infiniment triste :

— Ça durait des heures et des heures.

Je lui passai la moitié de ma touffe de mousse. Elle tomba sur sa jupe et Tulipe l'y laissa.

— J'ai essayé de l'en empêcher. Une fois je l'ai même menacé avec une fourchette. Mais il a simplement éclaté de rire : « Tiens, voilà un autre petit chat qui pourrait bien boire la tasse lui aussi. » Il ne s'est même pas donné la peine de me filer une raclée. (Elle semblait s'en étonner encore, même après tout ce temps.) Il s'est contenté de me jeter dehors en fermant la porte au verrou. Puis il s'est assis, il a mis les pieds sur la table et il a lu le journal. Et j'ai dû regarder par la fenêtre. Ça a duré des heures et des heures.

Ses doigts aux ongles tout rongés s'enfoncèrent dans la mousse comme pour y trouver un peu de réconfort.

— Pas des heures, écoute, dis-je pour la consoler. Des petits chats, ça ne peut pas résister des heures.

— Trop longtemps, en tout cas. Alors, depuis ce jour-là, j'ai préféré le faire moi-même. Parce que ça va plus vite. Et une fois qu'ils sont sous l'eau, je ne les laisse pas ressortir.

Je passai mon bras autour de son épaule. Je comprenais maintenant pourquoi elle s'intéressait tellement à la mort horrible de Muriel Bougalley.

Peut-être se sentait-elle moins seule de savoir que quelqu'un d'autre avait connu cette horreur-là : la lutte désespérée, les bulles d'air qui montent à la surface.

Je me laissai glisser en bas du mur, je pris sa main, et la tirai doucement.

— Allez, viens, Tulipe. C'est l'heure de rentrer.

Et puis, un jour, j'entendis les professeurs parler d'elle.

— Qu'est-ce qu'elle a bien pu faire à ses cheveux, cette gamine ?

— Laquelle ?

— Tulipe Pierce.

Je baissai la tête et me cachai un peu mieux derrière la caisse des objets trouvés.

— Ah, Tulipe.

Les professeurs regardèrent un instant par la fenêtre, sans dire un mot, puis l'un d'entre eux reprit :

— Elle est bizarre, cette Tulipe Pierce.

Sa collègue renifla.

— Moi, je ne sais pas comment la prendre. Chaque fois qu'on lui adresse la parole elle répond avec insolence. Mais dès qu'elle a quelque chose à demander, elle joue les petites filles modèles.

— Vous avez vu ses ongles ? Rongés jusqu'au sang.

– Je me demande vraiment ce qu'elle a fait à ses cheveux. On dirait que quelqu'un les lui a coupés au sécateur.

Le téléphone sonna et celui qui en était le plus proche se retourna et ajouta, avant de décrocher :

– Ma sœur connaît la mère, fit-elle remarquer. Elle achète des produits de la ferme. (Elle allongea le bras pour appuyer sur le bouton rouge qui clignotait.) Elle me dit qu'elle a toujours l'impression qu'un jour elle se mettra à hurler sans pouvoir s'arrêter.

Je me demandai de qui elle parlait. De la mère de Tulipe ou de Tulipe ? Et n'était-ce pas cela que son dessin représentait ? Était-ce pour cette raison que Mme Minniver, et tous les autres profs, traitaient Tulipe comme si elle était aussi dangereuse que les feux qu'elle allumait dans les poubelles ?

Plus on attise le feu, plus il brûle ardemment, c'est bien connu.

La seule chose à faire pour éviter le danger est de s'en écarter.

Je crois que ce jour-là, j'étais à deux doigts de prendre la décision. Et peut-être une dizaine d'autres fois, quand, sortant dans l'air frais du matin, je me rendais compte que je serais incapable d'affronter Tulipe. Alors, je séchais les cours et je passais la journée cachée dans une lingerie désaffectée du Palace, où chacun de mes pas soulevait des nuages de poussière. J'y restais assise inconfortablement parmi des cuves et des baquets, dans l'ombre d'une essoreuse géante, à regarder le rai de lumière qui passait sous la porte.

À quatre heures, je me rendais à l'arrêt du bus sans me faire remarquer. Après une journée passée dans cette pénombre crasseuse, les grands rayons de soleil qui balayaient les champs m'étourdissaient et me faisaient monter les larmes aux yeux.

Je m'assurais que Tulipe n'était pas dans les parages.

Puis je rentrais à la maison, comme d'habitude.

Chapitre 9

Tulipe s'habilla en noir, jusqu'à ce qu'on le lui interdise.

– Dans ce collège, on porte des pull-overs bleus.

– Oui, mais je suis en deuil de Muriel.

– Muriel?

– Muriel Bougalley.

Les professeurs étaient choqués, ça se voyait.

«Apitoiement sur soi poussé jusqu'à la morbidité», dit Mme Powell. M. Hapsley la collait chaque fois qu'il la voyait. Et dès qu'elle l'apprit, Mlle Fowler sortit de son bureau et dévala les escaliers.

– Enlevez ce pull-over. Je vous le confisque.

– Je n'en ai pas d'autre.

– C'est votre problème, Tulipe. Demain, vous porterez peut-être l'uniforme réglementaire.

Je la trouvai en train d'attendre le bus, frigorifiée.

– Pourquoi tu n'es pas rentrée chez toi tout de suite?

— Je ne peux pas. Je n'ose pas. Elle a dit qu'elle allait téléphoner à mon père.

Et c'est ainsi que j'entamai ma dernière *Nuit sauvage*. Cette fois, c'était une grange, à plus d'un kilomètre de la ville. Je ne sais pas où elle s'était procuré l'essence. Peut-être l'avait-elle volée chez elle. Je ne peux pas croire que les propriétaires de cet élevage de volailles aient été assez stupides pour laisser traîner trois bouteilles de whisky pleines d'essence dans un fossé, sur leur propre terrain.

— Tulipe…

— Chut! Si t'es pas capable de m'aider, au moins ne sabote pas tout en faisant des histoires.

— Tu es sûre qu'il n'y a personne dedans?

— Mais tu le sais puisqu'on l'a traversée deux fois. Maintenant, passe-moi la dernière bouteille.

La grange explosa. Je n'avais jamais rien vu sauter en l'air comme ça. D'immenses flammes léchaient le ciel et la fumée s'élevait en volutes, comme un grand génie noir sortant d'une bouteille où il était emprisonné depuis des millénaires. Le feu ronflait et craquait. Des chevrons s'effondraient comme des fétus de paille. Et au-dessus des râteliers qui se calcinaient, des étincelles dansaient en craquant et en sifflant.

Mais cette fois, ce fut Tulipe qui me tira par la manche.

— Nathalie! Nathalie!

Je me dégageai. Je ne voulais qu'une seule chose : rester là à regarder ce grand dragon orange sauter de plus en plus haut.

— Nathalie! Vite, sinon on va se faire pincer! La police soupçonne toujours les gens qui restent là à regarder!

Elle avait beau faire et dire, je ne bougeai pas. À quoi bon se donner tant de mal pour allumer un feu si ce n'était pas pour le regarder? Tout autour de cette ferme, il y avait des haies d'aubépines et des tas de buissons. Puisqu'elle était déjà venue ici pour cacher les bouteilles de pétrole dans le fossé, elle aurait pu trouver un endroit où nous aurions pu nous cacher. Pourquoi prenions-nous d'aussi gros risques si c'était pour nous éloigner aussitôt du magnifique spectacle de magie que nous avions créé de toutes pièces? Pourquoi se priver du plaisir de voir un objet banal et inerte s'épanouir en une explosion de boules de feu et d'étoiles filantes?

— Oh, Nathalie, je t'en supplie! Nathalie!

Elle me tirait tellement fort que je fus obligée de partir. Mais tandis que je la suivais en trébuchant, tout en me retournant pour regarder encore, je savais que j'étais ensorcelée. J'étais marquée au fer rouge par le sortilège de Tulipe. Je savais que, désormais, je rêverais d'incendies toute ma vie, que je me réveillerais au milieu de mes nuits tristes et noires pour voir les flammes qu'elle avait allumées en moi monter en flèche vers le ciel. Je verrais des rues entières, des villes entières brûler. J'allumerais ma lampe de chevet et, pendant un instant, en regardant les objets familiers de ma chambre – les affiches sur les murs, mes vêtements sur la chaise –, j'arriverais à effacer ces visions qui couvaient en moi. Mais je pourrais être certaine que Tulipe attendrait, allongée dans une chambre austère. Dès que j'éteindrais la lumière, elle reprendrait là où elle en était restée, elle recommencerait à envoyer ses pensées imaginaires dans mes rêves insipides, pour les embraser avec ses propres fantasmagories.

– Nathalie, Nathalie, ça va?

J'entendis le hurlement d'une sirène. Était-ce dans ma tête ou de l'autre côté du champ?

– Baisse-toi vite!

Elle m'appuya sur la tête pour que je m'accroupisse au fond du fossé et nous avançâmes en rampant, l'une derrière l'autre.

– Tu vois ce trou dans la haie? Là!

Je m'y faufilai. Elle me suivit et nous restâmes un moment allongées sur le dos, hors d'haleine. J'étais encore étourdie et envahie par un sentiment bizarre. Et soudain, je sentis progressivement surgir de cette confusion d'autres visions, plus sombres, plus destructrices.

Et lentement, très lentement, je retrouvai enfin mes esprits.

Est-ce pareil pour tout le monde ? Est-ce qu'on peut avoir une existence qui roule bon train toujours dans la même direction et qui, brusquement, en quelques secondes, bifurque radicalement ? Et où *tout* est changé. Car c'est là que notre amitié est morte. C'est parfaitement clair. Oh bien sûr, je l'ai laissée jacasser, levant la tête pour voir les voitures de pompiers, se demandant quel chemin nous allions prendre pour retourner à l'arrêt d'autobus sans nous faire voir, s'extasier sur la vitesse à laquelle le vieux bois peut s'enflammer et brûler. Mais pendant tout ce temps je me disais : il y a des gens qui *se cachent* dans les granges. Moi, j'avais passé des journées entières dans la lingerie désaffectée. Si quelqu'un que je ne connaissais pas y était entré, j'aurais retenu mon souffle, bien cachée derrière l'énorme essoreuse rouillée. Et dans la tension du moment, même quelqu'un ayant l'ouïe aussi fine que moi n'aurait peut-être pas remarqué le petit glouglou révélateur du liquide versé sur le sol couvert de paille.

Et Julius ? Il avait des cachettes partout. Et ses copains aussi. Ils passaient des heures tapis dans des remises tellement branlantes et pourries que, malgré le lierre qui les enveloppait, elles se seraient enflammées en moins de deux.

Tulipe était-elle aussi folle que méchante?

Je me levai d'un bond et lui tendis la main, comme d'habitude, pour l'aider à se lever.

– Allez Tulipe. Il est temps de rentrer.

Dans l'autobus, elle était à nouveau elle-même, pleine d'assurance, faisant du charme au conducteur, renversant discrètement du bout du pied les sacs de provisions que les gens avaient posés à côté de leurs sièges.

À mi-chemin, elle commença à s'agiter.

– On joue à *Gens tout gris*?

– D'accord, dis-je.

Et je m'appliquai à faire semblant, tout le long du chemin. Mais quand on vient de gagner au jeu le plus difficile, tous les autres paraissent insipides. Le cœur n'y était pas, tout tombait à plat.

De l'arrêt de bus, nous fîmes route ensemble jusqu'au pont.

– Bon, dis-je d'un air enjoué. À demain?

– Je ne peux pas t'accompagner jusqu'au Palace?

Je la regardai pendant un long moment. Elle ne s'était vraiment pas rendu compte que je n'étais plus dans le coup. Elle ne savait pas que je ne me laisserais plus jamais prendre dans ses filets.

– Si tu veux, répondis-je.

Sans nous presser, nous remontâmes l'allée bras dessus, bras dessous. J'étais assez calme. Pas du tout inquiète. Ce qui, en soi, me semblait bizarre. Depuis le jour où je l'avais rencontrée, j'avais été apparemment l'esclave de Tulipe. Tout ce que j'avais dit, tout ce que j'avais fait, je l'avais dit et fait en pensant à elle. Comme on ramène inlassablement sa langue sur une dent qui bouge, toutes mes pensées me ramenaient toujours à elle. Je ne communiquais pratiquement plus avec mes parents. Je m'étais complètement détachée de Julius. Je n'avais pas d'amis. Pendant tout ce temps, je n'avais été disponible que pour Tulipe.

Et c'était fini. Fini.

Je la laissai marcher à côté de moi jusqu'au dernier virage. Puis, lorsque le Palace apparut tout au bout de l'allée, je m'échappai : je laissai tomber mon cartable et traversai la roseraie en courant le plus vite possible. Je passai sous le porche, descendis le petit sentier sinueux où des racines saillaient par endroits.

Je l'entendis m'appeler.

– Nathalie ! Nathalie !

Mais je ne répondis pas. Je continuai à courir. *Ne pas s'approcher du feu.* Et quand je fus au milieu des fourrés, je quittai le sentier et plongeai dans les fougères.

Je rampai, je rampai de toutes mes forces. Le temps qu'elle se fraie un chemin entre les arbres, je prendrais un peu d'avance. Puis, croyant m'avoir par ruse, elle s'arrêta net. Moi aussi.

– Nathalie! Nathalie!

Elle se mit à battre furieusement les buissons avec un bâton, faisant un tel bruit que j'en profitai pour avancer encore. Enfin je parvins à notre vieux toboggan, une pente assez à pic et boueuse. Je me lançai et descendis en glissant, un peu de travers comme un rondin de bois, je glissai de plus en plus vite et j'atterris tout en bas dans un épais tapis de fougères.

Je restai, là, couchée sur le sol, souriant aux feuilles qui s'étaient refermées au-dessus de ma tête. Elle ne me trouverait jamais. Dans cette jungle vert sombre qui ne voyait jamais le soleil, j'étais en sécurité. Je m'allongeai sur le dos et j'écoutai.

– Nathalie! Nathalie! Sors d'ici, andouille! Il pleut!

Les premières gouttes tombèrent en crépitant à travers les fougères qui bruissaient dans le vent. Les gouttes grossirent et se multiplièrent, mais je ne bougeai pas. Elle pouvait m'appeler et me chercher tant qu'elle voulait.

Je ne bougerais pas jusqu'à ce qu'elle abandonne et qu'elle rentre chez elle.

Une perle de pluie roula sur mon front et dans mon oreille et je me souvins de ce que nous avait dit Mlle Golightly, le jour où nous avions visité l'Assemblée, il y avait des années de cela. Elle commentait un tableau : « Il verse de l'eau sur le front du bébé pour le faire entrer dans le monde de la lumière. »

J'entendis les pas de Tulipe se rapprocher mais mon cœur continua à battre normalement.

– Va-t'en, lui ordonnai-je silencieusement. Rebrousse chemin, va-t'en. Je ne veux plus que tu t'approches de moi.

Pas le feu. *La lumière.*

Elle appela encore plusieurs fois, d'un ton de plus en plus désespéré. Puis elle partit.

TROISIÈME PARTIE

Chapitre 1

C'était comme lorsque l'on sort de l'hôpital. Il faut un certain temps pour redevenir tout à fait soi-même. J'y allai très progressivement, comme quelqu'un qui s'est cassé le pied et qui, chaque matin, le pose précautionneusement par terre pour voir s'il peut s'appuyer un peu plus dessus.

Il fallait que je sois très prudente avec Tulipe. Elle était sur ses gardes.

— Qu'est-ce qui s'est passé, vendredi? Pourquoi tu t'es sauvée comme ça?

— Oh, excuse-moi. Tout d'un coup j'ai eu une de ces envies de vomir! Je n'aurais pas pu tenir jusqu'au Palace, alors j'ai préféré foncer vers le parc.

— Mais je t'ai appelée. Tu ne m'as pas entendue?

— J'étais malade comme un chien.

Le lendemain, elle voulut rentrer avec moi au Palace.

— Il y a des travaux chez nous, lui dis-je. Et Papa dit qu'il ne veut pas trop de visites.

— Et ce week-end?

— Il y a un grand mariage.

— On pourrait rester cachées.

— Non, Tulipe.

Elle me regarda d'un air soupçonneux. Je savais que tout cela devait lui paraître très bizarre. Jusqu'à présent, je n'avais jamais dit non.

— Tu me caches quelque chose, Nathalie.

— Pas du tout.

— Écoute, il y a sûrement une raison. Avant je pouvais venir même quand il y avait des mariages et des grandes cérémonies.

Je pris l'air à la fois bête et arrogant que j'avais si souvent vu sur le visage de Tulipe.

— Oui, mais c'était l'année dernière, Tulipe.

Elle n'apprécia pas que j'évoque ce jeu auquel nous avions tant joué. Elle tourna les talons. Je retournai en classe, le sourire aux lèvres. Alors seulement je me rendis compte que jour après jour je testais des traits de mon caractère que je n'avais pas extériorisés depuis longtemps et du coup je retrouvais certaines choses que j'avais complètement oubliées. Le pouvoir, le sentiment de maîtriser la situation.

M. Scott fut le premier à remarquer qu'elle n'était plus jamais là.

– On ne voit plus ton amie Tulipe, en ce moment. Vous seriez-vous disputées?

Je pris un air indifférent et mentis sans hésiter (deux choses que j'avais apprises de Tulipe).

– Pas vraiment, non. Mais elle a d'autres amies.

Et bientôt, elle en eut, en effet. D'abord elle renoua avec Marcie, mais cela dura seulement jusqu'au jour où commença la mode de jouer aux cartes à la récréation. Marcie en eut vite assez qu'à chaque tour Tulipe remette en question les règles du jeu, accuse tout le monde d'avoir mal joué et jubile lorsqu'elle gagnait.

– Qu'est-ce ça peut faire? lui dit un jour Marcie. Ce n'est qu'un jeu. Je ne vois pas pourquoi tu y attaches tant d'importance.

Les yeux de Tulipe se mirent à lancer des éclairs et elle partit comme une furie. Après quoi elle se retrouva à nouveau seule, jusqu'au jour où une Écossaise, une fille qui s'appelait Anny, arriva au collège de Talbot Harries. Comme moi au début, elle trouva tout naturel d'offrir son amitié à la première personne qu'elle vit seule. Et pendant quelques jours, Tulipe me lança des sourires méprisants et prit un malin plaisir à me tourner le dos pour rire sous cape avec Anny.

Mais cela ne dura pas non plus. Bientôt Anny ne supporta plus l'habitude mesquine qu'avait Tulipe de manger les bonbons qu'elle avait dans sa poche sans jamais en donner aux autres. Et elle ne trouva pas très drôle la «blague» de Tulipe qui s'amusa un jour à vider dans la poubelle la boîte dans laquelle Anny apportait son déjeuner, et à la remplir de boue et de cailloux. Donc Anny se fit vite d'autres amies. De toute façon, je n'avais pas été triste de les voir se promener ensemble bras dessus, bras dessous. Tout ce que je me disais c'était que je devais avoir l'air franchement ridicule quand j'étais à la place d'Anny. Je ressentais, en fait, un énorme soulagement.

Le plus étrange, justement, c'est ce que j'ai éprouvé pendant ces semaines-là. L'impression de sortir d'un interminable rêve gris et de voir le monde se soulever autour de moi. Car j'étais restée bien trop longtemps dans l'ombre de Tulipe. Je me sentais plus forte de jour en jour et tout n'en allait que mieux. Au collège, comme je ne passais plus mon temps à la chercher dans chaque escalier et dans chaque classe, j'étais plus concentrée sur mon travail et j'avais de meilleures notes. Au Palace, j'allais et venais plus spontanément, je ne passais plus des heures à rôder devant les portes et les fenêtres pour voir si Tulipe arrivait. Je n'avais plus une moitié de cerveau occupée à l'attendre : j'étais redevenue une personne à part entière. La nuit, je rêvais encore d'incendies et je me réveillais en sursaut. Mais dans la journée, je me sentais tellement vieille que pour rien au monde je n'aurais voulu redevenir la Nathalie d'avant. J'aurais même changé de prénom si on m'y avait autorisée. Et le matin où je restai assise calmement sur le muret de la véranda, à regarder les paons au lieu de leur courir après pour les affoler – un des jeux qu'elle m'avait appris –, je me rendis compte que pour la première fois depuis des années j'étais heureuse. *Heureuse.*

Aussi, lorsque Julius courut vers moi pour me dire que Tulipe m'attendait dans la roseraie, je lui répondis :

– Va lui dire que tu ne m'as pas trouvée.

– Pourquoi ?

– Parce que je ne veux pas la voir.

– Mais, et Tulipe ? Si tu n'es pas avec elle, le jardinier va lui dire de rentrer chez elle.

Je descendis du muret et me dirigeai vers la porte.

– Dis-lui que je ne peux pas venir. Que je suis en train d'aider Papa.

Il avait l'air stupéfait. Mais il finit par hausser les épaules et repartit en courant. Je me sentais un peu coupable, mais pas trop. J'avais de moins en moins de mal à me passer de Tulipe.

Et je l'évitais aussi au collège. Je me servais pour cela des trucs que nous avions appris ensemble en jouant à *Espionner des clients*.

– Vous entrez ou vous sortez, Nathalie ?

Je laissais passer le prof. Je ne savais pas encore. Si elle était dehors, je restais dedans. Si je ne la voyais pas, alors je me faufilais discrètement par les grandes portes vitrées et je sortais.

Je me dépêchais de ranger mon cartable dès la fin des cours. Je remontais en vitesse la rue des Futaies – tant pis si c'était plus long – pour prendre le bus à l'arrêt d'avant. Je baissais la tête quand il passait devant les grilles du collège : elle aurait pu être en train de m'attendre ou d'aller vers notre arrêt habituel en marchant très lentement, dans l'espoir que je la rattraperais et que je lui tiendrais compagnie. Ce n'était pas ma faute si elle était seule. Personne ne la forçait à pousser les gens au point de les faire tomber, à barbouiller leurs vêtements d'encre et à traiter de « mauviettes » tous ceux qui essayaient d'être gentils avec elle.

Chaque fois qu'elle venait au Palace, Julius me faisait la morale :

– Tu ne peux pas tout le temps dire que tu es occupée.

– Si, je peux.

– Non, c'est trop méchant. Tulipe est ton amie, quand même.

— Dis-lui que je suis allée à Urlingham avec Maman. C'est pas difficile de dire ça, non?

— C'est pas que c'est difficile, répliqua Julius. Mais ça me fait de la peine pour elle.

— Eh bien, tu as tort! rétorquai-je. C'est un piège!

Il me regarda en ouvrant de grands yeux, comme si je l'avais giflé.

— Qu'est-ce que ça veut dire?

— Rien, dis-je en me ressaisissant. Je ne voulais pas dire ça.

Pourtant si. C'était vraiment ce que je voulais dire. J'en avais par-dessus la tête d'avoir de la compassion pour Tulipe. J'avais le sentiment qu'elle m'avait attrapée, qu'elle m'avait absorbée, m'obligeant même à enterrer mes sentiments si profondément en moi que je n'en avais pratiquement plus. Elle m'avait rabaissée avec son mépris. Mais le vent avait tourné. C'était à moi de la mépriser, désormais. Et j'étais bien forcée d'admettre que si je retrouvais des forces c'était en partie parce que je la détestais, parce que je ne m'étais pas contentée de désapprouver ses lubies délirantes ou sa malhonnêteté. J'étais allée un peu plus loin.

Désormais, quand nous nous croisions dans les couloirs, je lui souriais, je lui disais bonjour et je lui laissais vaguement entendre qu'on se retrouverait à la pause. Mais en même temps, je prenais soin de jeter un coup d'œil à son chemisier mal repassé et grossièrement raccommodé, et à ses cheveux en bataille qu'elle coupait elle-même, et ainsi je pouvais m'obliger à penser : «Tu n'es rien, Tulipe. *Rien.*»

Oh, c'était horrible. Je faisais cela pour sauver ma peau, mais j'en aurais pleuré.

Chapitre 2

Elle ne me redemanda jamais ce qui n'allait pas. Parfois, je trouvais mon vestiaire plein d'ordures. Ou alors, sur la liste des bons élèves que le proviseur affichait dans le couloir pour les féliciter officiellement, elle avait rayé mon nom si sauvagement que le plâtre du mur était tout éraflé. Mais je n'en parlai pas aux professeurs et je n'en dis jamais un mot non plus à la maison.

Pourtant, mes parents avaient forcément remarqué qu'elle ne venait plus. Aussi je fus vraiment stupéfaite lorsque, vers le milieu du mois de décembre, Papa leva les yeux du plan de table qu'il était en train de faire pour le réveillon de Noël et me dit :

— Je suppose que Tulipe vient, comme d'habitude ?

J'étais suffoquée.

— Non, je ne l'invite pas, répondis-je.

Maman et lui se regardèrent. Maman se mit à triturer sa chaîne de cou en or.

— Mais, tu sais bien que Tulipe adore Noël.

– Moi aussi j'adore Noël, rétorquai-je avec détermination. Et je n'ai pas envie de l'inviter cette année.

Ils avaient l'air mal à l'aise. Je sentis que Papa était sur le point de me dire quelque chose mais, sur un regard de Maman, il se ravisa. Et il me dit simplement, avec douceur :

– Mais tu sais bien que sa vie n'est pas très drôle. Alors, ce serait quand même gentil de l'inviter.

Je bouillais intérieurement. Alors voilà ! Je m'étais battue de toutes mes forces pour me libérer et ils étaient prêts, tous les deux, à me renvoyer à la case «départ», juste pour se donner bonne conscience. Ils savaient aussi bien que moi que Tulipe n'était pas venue au Palace depuis des semaines. Seulement, pour eux, Noël ne serait pas vraiment Noël si Tulipe n'était pas là pour leur donner le sentiment d'être encore plus charitables et plus généreux, si Papa ne pouvait pas lui donner la becquée et si Maman ne pouvait pas murmurer à l'oreille des clients : «Oh, oui, vous savez, elle n'a pas la vie facile, chez elle. Alors on essaie de la gâter au moins une fois dans l'année.»

Eh bien non, ils ne pouvaient pas tout avoir.

– Julius n'a qu'à l'inviter, dis-je sournoisement. Elle est plus copine avec lui qu'avec moi, maintenant.

– Julius ?

Maman fut tellement surprise qu'elle faillit arracher sa chaîne de cou.

— Oui, oui, repris-je. Ils passent pas mal de temps ensemble, maintenant. Ils ont l'air de faire bon ménage.

— Julius et Tulipe?

Papa posa sa main sur l'épaule de Maman pour la calmer.

— Je n'ai pas remarqué, dit-il d'un ton soupçonneux.

— Tu es toujours tellement occupé.

Il ne releva pas. Mais Maman s'éclipsa aussitôt pour aller dire deux mots à Julius. Je ne sais pas ce qu'il lui raconta. Mais pourquoi lui aurait-il caché que chaque fois qu'il apercevait Tulipe en revenant de l'école ou qu'il la voyait traîner à la lisière du champ de blé, il courait vers elle pour lui dire bonjour? Après tout, il avait bien pitié de Tulipe, non?

D'ailleurs, n'avaient-ils pas tous pitié d'elle?

Donc, le petit plan un peu méchant que j'avais imaginé pour me protéger fonctionna à merveille. Maman ne se faisait pas trop de souci pour moi, mais elle ne pouvait supporter le fait que son Julius chéri coure le moindre risque. L'idée d'inviter Tulipe pour Noël s'évanouit comme par enchantement et plus personne n'en parla.

Sauf M. Scott. Alors qu'il était assis au piano,

le soir du réveillon, il me donna un petit coup de coude.

— Elle te manque ?

— Non, répondis-je sèchement, sans même me donner la peine de faire celle qui ne comprenait pas de qui il parlait.

— À moi, elle me manque, dit-il. J'ai toujours eu un faible pour cette petite.

— Elle n'est pas si petite que ça, rétorquai-je.

Puis j'eus une meilleure idée. Je pris un air plus gai et me tournai vers lui avec un grand sourire :

— Si vous voulez, je vous explique comment on va chez elle. Comme ça, puisque vous l'aimez tellement, vous pourrez aller lui rendre visite.

Cela lui cloua le bec. Il fourragea nerveusement dans ses partitions de chants de Noël.

Puis, lorsqu'il se mit à chanter, il garda les yeux fixés sur les paroles comme s'il ne les connaissait pas et évita mon regard.

Je chantai à tue-tête. Tulipe me manquait terriblement et je les détestais tous. Pourquoi étaient-ils persuadés que c'était à moi de faire venir Tulipe, toujours à moi ? Ils savaient tous où la trouver. Ils savaient tous qu'elle devait être assise avec ses affreux vêtements de tous les jours, en train d'écouter sa mère fredonner et son père la tarabuster, tandis qu'elle examinait le cadeau hideux et minable que sa mère s'était procuré en grappillant sur le peu d'argent qui restait une fois que M. Pierce avait acheté ses bouteilles. Eux étaient tous réunis autour du piano, sur leur trente et un, l'air altier et l'estomac plus que plein. Qu'est-ce qui empêchait l'un d'eux de remplir un panier et d'aller le lui porter? Ou même de la ramener? «Allez, viens Tulipe. Nous savons tous que tu n'es plus très copine avec Nathalie. Mais nous, nous t'aimons encore. Viens avec nous.»

Mais non. C'était à moi de le faire. C'était à moi de m'occuper de Tulipe (mais prends garde qu'elle ne te fasse pas porter le chapeau). Sois gentille avec elle (mais fais attention de ne pas tomber sous son emprise). Va jouer avec la sorcière (mais ne te laisse pas ensorceler).

C'est ça, continuez donc à rêver.

Chapitre 3

Peut-être resta-t-elle assise là-bas à nous attendre jusqu'à la dernière minute. («Viens, Tulipe! C'est Noël, quand même.») En tout cas, à partir de ce jour, les choses entre nous furent parfaitement claires. Quand on se rencontrait dans les escaliers du collège, elle me lançait un regard incroyablement haineux et moi je passais devant elle en la regardant froidement.

Et sans amie, elle allait de plus en plus mal. J'entendais parler d'elle presque tous les jours. «Tu connais Tulipe? Tu ne devineras jamais ce qu'elle a encore fait!» Elle ne venait presque plus en classe. Et quand elle venait, on voyait bien à sa tête que la colère couvait en elle. Les garçons ne la rataient pas. Ils la harcelaient en l'appelant «la folle» jusqu'à ce que l'étrange masque de glace qu'elle portait sur le visage craque et qu'elle se déchaîne. Alors elle se laissait aller à une telle violence que les téléphones se mettaient à sonner partout et que tout ce que le collège comptait de personnels masculins accourait.

En février, on lui interdit l'entrée du supermarché Harry's. Quelques semaines plus tard, des policiers vinrent au collège pour enquêter sur elle. Personne ne savait exactement de quoi il s'agissait, mais les autres se mirent à faire des suppositions. Et je m'aperçus alors que j'étais à des lieues d'imaginer qu'elle était allée si loin.

— Ça doit être à cause de l'histoire des fenêtres.

— T'es folle! La police ne se déplace pas pour des carreaux cassés. Mais si ça se trouve, elle a eu le culot de retourner à la droguerie, chez Wilkins.

— Pour piquer les piles qu'elle avait oubliées?

Ils étaient tous hilares. Je me détournai, un peu gênée, parce que même si je n'avais pas approché Tulipe depuis des mois, certains pensaient que nous étions encore copines. Et la plupart des profs aussi. Il faut dire que, le même soir, les policiers vinrent au Palace. Ils étaient deux, un homme et une femme. Ils enlevèrent leurs casquettes et franchirent la porte en ignorant les regards intrigués des clients assis sur les canapés.

Ne voulant pas qu'ils s'attardent à la réception, Maman s'empressa de les faire entrer dans le bureau.

— Nathalie, reste ici pour me remplacer dix minutes, tu veux? dit-elle.

La femme recula pour me laisser passer. Mais son collègue dit:

— Je crois que la chose serait plus vite réglée si cette jeune fille venait aussi.

— Ah bon?

Maman était étonnée mais elle ne discuta pas. Elle appela Georges, le barman, et lui demanda de trouver quelqu'un pour la remplacer à la réception.

— Alors, dit-elle en fermant la porte derrière elle. De quoi s'agit-il? En quoi puis-je vous être utile?

Mais ils n'avaient pas envie qu'on les presse.

— Maria Benson, dit la femme en tendant la main à Maman.

— Stallworthy, dit l'autre avec un sourire mais sans lui serrer la main.

Ils regardèrent les chaises jusqu'à ce que Maman leur dise:

— Asseyez-vous, je vous en prie.

Alors ils s'assirent et me dévisagèrent. Mais, avec Tulipe, j'avais appris à me composer un visage impassible. Je ne bronchai pas.

— C'est au sujet de certaines petites visites, dit la femme.

Mon cœur se mit à cogner dans ma poitrine. Combien de temps peut-on être poursuivi par son passé? Nous n'avions pas joué aux *Petites visites* depuis presque un an.

Maman était perplexe.

— Des petites visites? (Elle se tourna vers moi.) Quelles petites visites?

J'eus beaucoup de chance. Avant que je ne fasse une gaffe, l'agent Benson intervint à nouveau pour essayer de s'expliquer.

— Nous avons un petit problème avec Tulipe Pierce.

— Ah, c'est Tulipe! s'exclama Maman visiblement soulagée. Tulipe, évidemment! J'aurais dû m'en douter!

— Et nous nous demandions si Nathalie pourrait nous aider à comprendre.

Je les observai avec prudence, mais ce fut Maman qui demanda:

— Comprendre quoi?

— Pour quelle raison elle fait ce qu'elle fait.

Maman les regarda tour à tour.

— Ce qu'elle fait? Quoi?

L'officier de police se mit à triturer sa casquette. Il sembla tout à coup embarrassé et fatigué.

— Nous avons enregistré une plainte. Apparemment, Tulipe est allée rendre visite trois fois de suite à la famille de la pauvre gosse qui s'est noyée il y a quelque temps. Chaque fois, elle frappe à la porte de Mme Bougalley et lui demande…

Il s'arrêta et sembla, pendant un moment, examiner attentivement les moulures du plafond.

— Lui demande… ? répéta Maman pour l'inviter à poursuivre.

Il prit une profonde inspiration.

— Lui demande si Muriel ne veut pas venir se promener avec elle.

Je vis bien que Maman n'avait pas encore compris. Le policier aussi. Alors il recommença.

— Muriel Bougalley, expliqua-t-il. La petite fille qui s'est noyée.

Maman fit une affreuse grimace de dégoût.

— Tulipe va chez eux et demande après leur fille décédée ?

— Elle reste plantée là devant la porte.

— Et elle ricane.

— Mais c'est écœurant ! C'est horrible ! C'est la pire, la plus perverse des choses que…

Elle exprima sa colère et sa répugnance en s'adressant à moi.

— Tu entends ça ? Que je n'apprenne pas qu'on t'a vue avec Tulipe Pierce ! Tu as compris ce que ces policiers ont dit ?

L'inspecteur Stallworthy intervint.

— C'est justement pourquoi nous sommes ici, Mme Barnes. Parce que…

Il hésita, craignant peut-être que la colère de Maman ne se focalise sur des commérages.

— Parce qu'en menant notre enquête, nous nous sommes aperçus que Nathalie connaissait peut-être assez bien Tulipe pour nous aider à comprendre exactement à qui nous avons affaire.

Les yeux de Maman lançaient des éclairs.

– Vous voulez savoir si Tulipe est folle ou simplement méchante?

L'homme eut à nouveau cet air gêné et exténué.

– Ce n'est pas ce que nous avons voulu dire. Mais si votre fille... (Il se tourna vers moi.) Nathalie, peux-tu nous aider? Peux-tu nous dire ce qui lui prend?

Je fus parfaite. Je pris un air à la fois angoissé et surpris. Je secouai la tête et commençai des phrases sans les finir. Ils devaient penser que j'étais aussi franche et ouverte que possible, que je faisais de mon mieux pour les aider.

Mais tout ce que je leur dis, à travers ces confidences balbutiées sur un ton pathétique, c'était que j'avais cessé de voir Tulipe depuis des mois, bien avant qu'elle ne devienne la copine de Marcie puis d'Anny. Et j'ajoutai que tout le monde pouvait le leur confirmer. Mais je ne leur dis rien de ce qu'ils voulaient savoir. J'avais passé un temps fou à construire un mur entre l'ancienne Nathalie et la nouvelle, je n'allais pas le démolir maintenant pour les beaux yeux de ces deux policiers. Donc je ne tentai même pas de leur expliquer ce qui, pour moi, était parfaitement clair et évident.

Si j'avais passé toute ma vie à inventer des jeux pour deux et que tout à coup ma partenaire refusait de jouer, que me resterait-il à faire sinon en inventer d'autres pour moi toute seule?

Et quels jeux! J'étais là en train de me dire que nos *Petites visites* étaient vraiment culottées et risquées. Et que faisait Tulipe? Elle allait chez la mère d'une fille qui s'était noyée pour lui demander si la défunte pouvait venir se promener avec elle! Et pas une seule fois, mais trois fois de suite!

J'étais frappée de stupeur. Elle me dépassait de très loin. Moi je jouais la gentille fille à son papa et à sa maman, je réussissais mes examens au collège, je passais même du temps avec Julius. Et elle...

Et une fois de plus, j'imaginai ce qui se serait passé si les choses étaient restées comme avant, et je me laissai charmer par cette vision. Le cœur qui bat plus fort sous le coup de l'excitation. Sa main dans la mienne. Des couleurs chatoyantes s'élevant dans le ciel. Des couleurs pour illuminer la nuit, réchauffer mon âme pleine de sombres pensées et habiter mes rêves pour toujours.

Mais franchement, rester plantée là à ricaner...

Ricaner au nez de la mère de Muriel.

On n'a pas le droit de jouer comme ça avec les sentiments des gens.

— *Trois fois de suite*? dis-je un peu à retardement.

L'officier de police dut prendre mon dégoût

pour de l'étonnement, car il dit, comme pour se défendre :

— Naturellement, la première fois, les Bougalley ont pensé qu'il s'agissait d'une abominable erreur.

— Comme n'importe qui l'aurait fait, dit Maman d'un ton acerbe.

— Comme n'importe qui l'aurait fait, répéta-t-il. Ils ne nous ont appelés que la deuxième fois. (Il se tut un moment.) Et nous avons commis la même erreur. Nous avons pensé qu'il s'agissait de quelqu'un qui se fourvoyait. Une regrettable confusion. Mais quelqu'un de totalement innocent.

À nouveau il chercha l'inspiration au plafond.

— Et puis ce soir...

Ce soir ! Incroyable ! Moins de trois heures auparavant, je l'avais aperçue du bus qui passait à vive allure devant le collège. Elle était la même que d'habitude. Et voilà que ces deux policiers disaient qu'elle avait tranquillement remonté l'allée d'une maison (où, elle ne pouvait l'ignorer, la moitié des voitures de police du comté devaient être en train de l'attendre, suite à ses deux premières visites) et avait traité un être humain comme un pion dans un jeu.

— Elle est folle, dit Maman. Il y a sûrement quelque chose qui ne tourne pas rond chez elle. C'est une malade.

L'officier Stallworthy décida de mettre fin à sa visite. Il sortit une carte de sa poche de poitrine et, après avoir hésité entre Maman et moi, il me la tendit.

— Tu peux appeler quand tu veux, dit-il d'une voix douce. Si tu as quoi que ce soit à nous dire qui puisse nous aider.

J'acquiesçai d'un signe de tête.

Ils se dirigèrent vers la porte. D'un regard, Maman m'intima l'ordre de rester en retrait mais je l'entendis distinctement dire:

— Honnêtement, je ne vois pas ce que Nathalie pouvait aimer chez Tulipe Pierce.

Peut-être était-ce son ton dédaigneux qui agaça l'officier Stallworthy. Peut-être, lorsqu'on est dans la police, en a-t-on assez d'entendre les gens des quartiers chic vous dire qu'ils sont bien au-dessus de ces milieux sordides où vous, policier, passez votre vie entière à essayer de régler des problèmes.

En tout cas, il dit assez froidement:

— Mme Barnes, il serait peut-être temps que vous vous demandiez ce que Tulipe aimait chez Nathalie.

Maman préféra ignorer ce sarcasme. Mais pour lui rappeler qui était le méchant dans toute cette histoire, elle demanda:

— Et Tulipe, que risque-t-elle, maintenant?

– Oh, nous allons lui parler et je pense qu'elle n'ira plus les ennuyer.

Alors, le mur que j'avais si consciencieusement bâti s'effondra. Maman allait tout de suite comprendre que j'avais écouté aux portes, mais ça m'était égal : je me précipitai et attrapai le policier par la manche.

– Promettez-moi que vous ne le direz pas à son père ! Promettez-le-moi !

D'abord choquée, Maman prit un air désapprobateur.

– Il faut bien qu'ils parlent aux parents de Tulipe, Nathalie.

– Non ! Non ! suppliai-je. Il ne faut pas ! S'ils en parlent à M. Pierce, il la tuera ! Je sais qu'il la tuera !

L'officier de police me dit très gentiment :

– Ne t'inquiète pas. Nous ferons cela en douceur. Je crois que nous savons tous à quoi nous en tenir au sujet du caractère de M. Pierce.

– Non ! m'écriai-je en m'accrochant à lui, à moitié hystérique, à moitié morte de peur pour Tulipe. Vous ne comprenez pas. Si vous lui dites ce qu'elle a fait, il la battra à mort. Il sera bien trop content d'avoir un prétexte. Il fera semblant de rester calme pendant que vous serez là. Mais dès que vous serez partis… (Il me revint des mots atroces, de ceux qu'elle disait parfois pendant nos jeux.) Dès que vous serez partis, il la rossera comme une bâtarde, comme une sale rouquine! Il la fouettera jusqu'à ce que ses taches de rousseur se mettent à chanter!

Ils me dévisageaient, stupéfaits. Même ma mère se taisait.

Les policiers se regardèrent et, sans dire un mot, partirent.

Chapitre 4

Les nouvelles vont vite, dans un hôtel. Maman ne me dit plus un mot à ce sujet, mais elle en parla certainement à quelqu'un car, le lendemain soir, en traversant le salon, je surpris une discussion animée.

— C'est de la méchanceté! disait Mlle Ferguson. De la pure méchanceté!

— Pas du tout, voyons, répliquait Mme Pettifer. On voit bien que cette enfant est profondément perturbée.

Au lieu de continuer mon chemin et de franchir la double porte, je m'arrêtai derrière un pilier, hors de leur vue, pour écouter. M. Enderby jouait les arbitres, comme d'habitude.

— Il s'agit peut-être d'un malentendu, c'est possible.

— Un malentendu! coupa Mlle Ferguson. Mais enfin, cette gamine est malfaisante de nature, c'est évident.

Julius leva les yeux du livre de grammaire qu'il faisait semblant de potasser.

— Vous parlez de Tulipe?

Mme Pettifer ne parvenait pas à faire taire Mlle Ferguson. Alors elle demanda à Julius de sortir du salon.

— Allons, va lire ailleurs, petit. Je ne crois pas que tu puisses faire tes devoirs correctement ici.

Julius sortit d'un pas traînant, trop content, sans doute, d'avoir une excuse pour ne pas apprendre sa leçon de grammaire. Je suppose que Mme Pettifer jeta un regard aux alentours pour s'assurer que je n'écoutais pas, moi non plus. Mais j'étais bien cachée. Donc, lorsque Maman arriva pour bavarder un peu avec eux avant le dîner, les trois autres avaient repris leur conversation.

— J'étais en train de dire à Mme Pettifer, dit Mlle Ferguson, qu'un des problèmes des enfants d'aujourd'hui c'est qu'il y a beaucoup trop de gens comme elle pour leur dire qu'ils comprennent leurs problèmes et pas assez de gens comme moi pour leur dire en face que parfois ils sont foncièrement mauvais.

Jusque-là, le vieux M. Hearns n'avait pas encore ouvert la bouche. Il espérait sans doute que cette discussion finirait par s'arrêter d'elle-même et qu'on lui demanderait, comme d'habitude, de jouer du piano. Mais tout à coup il s'emporta et prit la parole.

– Ah je vois, ces enfants-là sont de la mauvaise graine, c'est ça? Des suppôts de satan?

Mlle Ferguson ne comprit pas que c'était ironique.

– Exactement, dit-elle. Et quand j'étais petite fille, on nous expliquait cela très clairement. On nous faisait même apprendre un petit poème, «Satan est content quand je suis méchant».

– Oh, je le connais! dit une autre voix.

C'était M. Scott. Il me fit un petit signe en passant. Il suivait Georges qui apportait des boissons sur un plateau. Je sortis de derrière mon pilier en grommelant. Mais personne ne me vit. Ils étaient trop occupés à regarder M. Scott qui avait joint les mains et commençait à déclamer:

Satan est content
quand je suis méchant.
Avec lui, il l'espère,
je souffrirai l'enfer,
Condamné à ramper
dans l'horrible brasier.

– Vous appelez ça un poème? maugréa M. Hearns d'un ton critique.

Mais Maman essaya d'interrompre la querelle en applaudissant timidement. M. Scott salua. Et sur un simple regard de Maman qui voulait dire «je vous en prie, faites quelque chose», Georges fit exprès de donner à chacun une autre boisson que celle qu'il avait commandée. Dans la confusion qui s'ensuivit, Maman se pencha par-dessus le bras du fauteuil de M. Hearns et chuchota:

— Je crois qu'une petite chanson serait la bienvenue, maintenant, vous ne pensez pas?

Il ne se fit pas prier. Il se leva et se lança dans ce que j'avais souvent entendu Maman appeler « cet épouvantable pot-pourri qui sent le rance ».

Après avoir figé son sourire sur ses lèvres, Maman balança la tête au rythme de la musique. Et elle était toujours en train de fredonner *Bye-Bye Blackbird* lorsque l'horloge du grand-père fit entendre son petit déclic d'arthritique et sonna la demie. Alors les uns s'extirpèrent de leurs fauteuils, les autres s'arrachèrent à leurs canapés et tous se dirigèrent, à pas comptés, vers la salle à manger.

Le visage guilleret de Maman se chiffonna comme un ballon dégonflé. Elle appuya la tête sur le dossier du fauteuil et ferma les yeux. Je pensais qu'elle allait m'appeler pour me parler de la visite de la police et de ce que j'avais dit à propos du père de Tulipe. Mais quelques secondes plus tard, le téléphone sonna à nouveau à la réception. Elle attendit un bon moment sans bouger. Et quand il fut évident qu'aucun membre du personnel n'était assez près pour répondre, elle soupira, se leva du fauteuil et se mit debout.

Quelques instants plus tard, elle était sortie.

Chapitre 5

Elle n'avait pas voulu laisser les clients se disputer entre eux. Mais, en haut, Papa et elle se lancèrent dans un débat houleux.

— Je suis tout à fait d'accord avec Mlle Ferguson. Tulipe est foncièrement méchante.

— Comment peux-tu dire une chose pareille, Emma ? Tu sais très bien que ces vieilles bonnes femmes ne connaissent strictement rien aux enfants. Personne ne naît méchant. Personne. Et surtout pas Tulipe.

Maman se tourna pour changer l'eau des fleurs.

— Je ne vois pas comment expliquer autrement un comportement aussi monstrueux.

— Oh, ne sois pas stupide ! Tu sais aussi bien que moi que l'existence de Tulipe est un enfer depuis le début. Il n'y a rien d'étonnant à ce qu'elle soit insensible aux sentiments des autres.

— C'est quand même un peu plus qu'être insensible aux sentiments des autres ! répliqua

Maman d'un ton sec, en posant le vase sur la table si brutalement qu'il faillit basculer.

Papa tendit la main pour le rattraper.

– Tu vois très bien ce que je veux dire. Pour distinguer le bien du mal, on a besoin d'un minimum d'affection. On ne peut apprendre cela que si on est traité soi-même correctement.

– Tulipe est loin d'être bête. Elle sait ce qui est permis et ce qui ne l'est pas, elle connaît les règles.

– Comment veux-tu qu'elle se soucie des règles? Celles auxquelles obéit son père sont fondées sur le harcèlement et la vengeance, et, souvent, elle se rend bien compte que quoi qu'elle fasse elle sera punie. Alors pourquoi se soucierait-elle des règles?

Je dus faire un effort pour ne pas partir. Avant cette dispute, je n'aurais jamais imaginé qu'ils en savaient autant sur Tulipe.

– Pourquoi? Parce qu'elle est assez intelligente pour se rendre compte que si la plupart des gens n'en faisaient qu'à leur tête, comme elle, tout le monde serait malheureux.

– Quand un enfant est élevé par des parents pour qui les sentiments ne comptent pas, il a toutes les chances de penser que les sentiments des autres gens ne comptent pas davantage.

Dans un coin, le jeu électronique de Julius

annonça la fin de la partie avec un jacassement aigu. Maman éleva la voix pour se faire entendre.

— Tu te trompes complètement, Martin! Tulipe sait parfaitement à quel point les sentiments des autres comptent. Et c'est justement pour ça qu'elle fait ce genre de choses. C'est ça qui l'amuse. Sinon, pourquoi le ferait-elle?

Papa ne trouva rien à répondre. Il se contenta de hausser les épaules. Puis, comme s'il ne voulait pas renoncer à défendre Tulipe, il dit:

— Eh bien, lis un peu le journal et tu verras qu'il y a des enfants plus jeunes qu'elle qui font bien pire que ça.

Pour étayer son argument, il lut à Maman un article de *La Chronique* qui traînait sur la table. Un enfant avait été assassiné dans une ville voisine, Elvenwater. Les enquêteurs étaient à peu près certains que le meurtrier n'était pas plus âgé que la victime. Je ne me souviens pas des détails. Il était question d'empreintes digitales, d'une dispute surprise par quelqu'un qui étendait du linge à sa fenêtre et du témoignage de plusieurs personnes qui avaient vu deux jeunes garçons s'engager sur le sentier et un seul en revenir. Mais je me souviens que la police était certaine que celui qu'elle recherchait était encore plus jeune que moi.

Maman écouta mais elle resta campée sur ses positions.

– Les enfants violents, je peux comprendre, dit-elle. Et je comprends aussi ceux qui ne sont pas assez intelligents pour se rendre compte qu'un jeu peut devenir dangereux. Mais les visites de Tulipe aux Bougalley sont d'une autre nature. Elles ne sont pas seulement méchantes. Elles sont différentes. Et c'est ce que j'appelle le mal. Quelque chose de différent.

– Le mal, ça n'existe pas, tu le sais très bien.

Et leur manège continua à tourner inlassablement, tandis que, penchée par-dessus l'épaule de Julius, je faisais semblant de m'intéresser à son score qui montait de plus en plus vite. Maman avait à peine commencé à s'occuper du vase qui était sur la desserte que Papa reprit la parole.

– Écoute, Emma. Même les spécialistes tombent sur des enfants bizarres qu'ils ont du mal à supporter. L'enfant qu'ils ne peuvent pas aider est profondément et foncièrement mauvais. Et le jour où ils rencontrent les parents : « Quelles brutes. Pas étonnant que ce gosse soit aussi insupportable. »

– Oh alors, écoute, railla Maman. J'ai une idée. Tu devrais emmener M. et Mme Pierce chez Mme Bougalley. Comme ça elle aura peut-être pitié de Tulipe.

Papa ne sut quoi répondre.

– Alors, tu vois ? lança Maman en passant

devant lui pour aller dans la salle de bains avec le vaporisateur à humecter le linge.

Elle ferma ostensiblement la porte derrière elle.

L'interphone d'en bas sonna deux fois.

Papa se leva sans entrain et quitta la table. Voyant que je le regardais, il fit glisser le journal vers moi en disant, d'un air sombre :

– Heureusement que Tulipe a un alibi !

Il avait dit ça en plaisantant. Mais ce qu'il ne savait pas, c'est que, dès le journal arrivé, j'avais passé une bonne demi-heure à genoux sur le coffre, dans le couloir, à chercher Elvenwater sur la carte, à vérifier l'échelle et à faire et refaire le calcul, jusqu'à ce que je n'aie plus aucun doute.

Chapitre 6

Et ce n'était pas la première fois, en plus. Depuis le feu que nous avions allumé dans l'élevage de volailles, j'épluchais le journal tous les soirs. Lorsque je revenais du collège, Papa détournait son regard de l'ordinateur ou du tableau où étaient accrochées les clefs.

— Sois gentille, Nathalie. Va distribuer les journaux.

Je prenais la pile de *La Chronique* à bras-le-corps et j'y allais. Plaf, plaf. Un canapé sur deux. Plaf. Trois sur le guéridon, à l'entrée de la salle à manger. Deux dans le bar. Le reste dans le salon.

J'en gardais un pour moi et je montais dans ma chambre avec. Je le lisais d'un bout à l'autre. Vols. Violences. Vandalisme. Je tournai consciencieusement chaque page. UN SANS-ABRI BLESSÉ DANS UN INCENDIE. Tous les jours la même chose. Ils doivent imprimer des faits divers comme ça dix fois par semaine. Un passant témoignait, racontant comment il avait senti l'odeur et vu les flammes. Et, juste au-dessus, la photo d'une grange entièrement brûlée. J'essayais de me dire : un ivrogne a failli mourir dans un incendie, un point c'est tout. Ce n'était pas parce que Tulipe avait l'habitude d'allumer des feux qu'elle avait allumé celui-là.

Et pourtant, elle restait mon suspect numéro un. Parfois, j'étais tellement convaincue que c'était elle que j'étais obligée de m'arrêter et de relire l'article. Alors seulement je voyais « mercredi à l'heure du déjeuner » et je me souvenais l'avoir vue en colle à cette heure là. « Le suspect est un homme », remarquais-je à la seconde lecture. « Le suspect mesure plus de deux mètres. »

Et qui étaient-ils, d'ailleurs, ces gens dont on parlait dans *La Chronique* nuit après nuit ?

Étaient-ils tous comme Tulipe ? Vivaient-ils leur vie comme une succession de jeux, se lançant dans des défis de plus en plus difficiles et dangereux ? Ils ne pouvaient pas tous avoir un père aussi ignoble et brutal que M. Pierce et une mère trop faible pour les protéger. Il n'y avait quand même pas tant de gens abominables dans le monde. Ou alors il ne fallait plus prendre le bus ni marcher dans la rue, de peur de les rencontrer.

Papa me trouva dans le couloir une fois de trop.

— Tu es une vraie cartographe en herbe, dit-il en passant.

– Quoi?

– Les cartes, ajouta-t-il en s'éloignant. Depuis quelque temps, je te trouve souvent à genoux sur ce coffre en train d'étudier la carte.

– Je voulais juste vérifier quelque chose.

Soudain il s'arrêta et posa par terre la télévision qu'il portait sous son bras.

– Chambre 302, dit-il. Tu retiens?

Puis il s'assit sur le coffre à côté de moi et écarta mes cheveux de mon visage.

– Il y a quelque chose qui te tracasse, Nathalie? Ça ne va pas?

Tout le monde doit savoir faire des choix. Cela faisait un moment je m'étais détournée de mon père parce que, avec Tulipe à mes côtés, je n'avais pas besoin de lui. Le contact de Tulipe me suffisait. Mais maintenant qu'elle n'était plus là, je me rendais compte que j'avais fui et mon père et ma mère. Sous prétexte qu'ils étaient occupés et que Maman était focalisée sur Julius, je m'étais éloignée d'eux et j'avais volontairement gardé mes distances. Et cela avait marché. Quand on est une fille sage qui s'habille comme il faut et qui fait ses devoirs, personne ne vous remarque. Vous pouvez mettre quelqu'un d'autre à votre place qui dira «bonjour» et «passe-moi le sel» et qui débarrassera la table. S'ils ne regardent pas, ils n'y verront que du feu.

Ou alors, vous pouvez lever la main pour appeler au secours. Faire en sorte qu'ils vous voient.

— Je regardais juste la carte, dis-je. Pour voir si ça pouvait être Tulipe qui a poignardé la vieille dame, mardi, à Bridleford.

Il tourna la tête vers moi, interloqué.

— Quoi?

Je continuai d'une voix égale.

— Mais la dame a été poignardée et volée à trois heures, d'après la police. Et au collège, on n'a fini la photo de classe qu'à trois heures et demie. Et Bridleford est à des kilomètres d'ici. (Je lui montrai, en mesurant le parcours avec mes doigts.) Et Tulipe n'a pas de mobylette. Donc j'en conclus qu'elle a un alibi.

Il me dévisageait toujours avec stupéfaction.

— Alors c'est ce que tu fais chaque fois que je te vois sur ce coffre?

J'acquiesçai.

Lui, secoua la tête. Il n'était toujours pas revenu de son étonnement.

— Mais, bon sang, qu'est-ce qui te fait penser que c'était Tulipe?

— Eh bien dis-moi, alors, qui sont ces gens, si ce ne sont pas des gens comme elle?

— Écoute, dit-il. C'est ridicule. Je sais que Tulipe est en train de mal tourner, mais...

Je l'interrompis.

— Tu étais là au déjeuner. Tu as entendu Mme Pettifer raconter à tout le monde ce que le policier avait dit à sa femme.

Papa avait l'air furieux.

— Ce sont des commérages, des racontars de vieilles bonnes femmes qui feraient mieux de se taire.

Mais je savais qu'il bluffait.

— Il lui a dit: «Ce n'est pas une maison, ce n'est qu'une sinistre baraque qui abrite trois personnes de la pluie.» Et il a dit aussi: «J'y suis resté une demi-heure. Le seul signe de vie que j'y aie vu c'est ce molosse qui aboie.»

— Oh mon Dieu, soupira Papa. Pauvre Tulipe.

Il n'allait pas s'en tirer comme ça. Je me tournai vers lui d'un air accusateur.

— Et tu le savais. Tu le sais depuis des années. C'est pour ça que tu n'as jamais voulu que j'aille là-bas, même au début. À l'époque, déjà, je t'ai entendu dire à Maman que ce n'était... (j'imitai sa voix morne) pas un endroit pour une enfant.

— Bon alors, dit-il d'un ton suffisant. J'avais raison.

— Mais Tulipe aussi était une enfant, non? Si tu étais tellement sûr que je ne devais pas aller là-bas, Tulipe n'avait rien à y faire non plus.

— Nathalie, on ne peut pas enlever des enfants

et les placer dans d'autres foyers parce que leurs parents sont des monstres.

— Il ne fallait pas la laisser là-bas, m'entêtai-je.

Il voulut me prendre la main.

— Ne crois pas que personne n'ait essayé. Je sais que nous ne sommes pas les seuls à avoir passé quelques coups de téléphone pour signaler ça. À l'école primaire comme au collège, on savait très bien dans quel milieu vivait Tulipe. Les Pierce ont eu la visite de plusieurs personnes de l'aide sociale.

Ainsi tout le monde était dans le coup! Tout le monde savait!

— Et alors? dis-je d'un ton ironique. Ce n'était pas assez grave?

Il se leva et baissa les yeux vers moi.

— Non, dit-il au bout d'un moment, d'une voix calme. Ce n'était pas assez grave. Et j'ai bien peur que la vie ne soit un peu comme ça, Nathalie. Il faut que les choses soient bien pires que graves pour être considérées comme intolérables. Et jusqu'à ce qu'elles en arrivent là, les gens sont seuls.

J'étais écœurée. Complètement écœurée.

— C'est à eux de ne pas se laisser faire, c'est ça? dis-je avec mépris. De se débrouiller tout seuls?

Il resta un moment silencieux. Puis il dit:

— Et pourquoi pas? (Il parlait toujours sans

élever la voix.) Tu as entendu assez souvent Mme Pettifer le dire : « Tous les saints ont un passé. Tous les pécheurs ont un avenir. » Et toi aussi, tu t'es débrouillée seule. Regarde : plus d'avertissements sur ton carnet de liaison. Plus de temps perdu après l'école. De bonnes notes. De meilleures habitudes. Tu as laissé tomber Tulipe et tu as sauvé ta peau.

J'avais envie de hurler : « Oui mais je ne suis pas comme vous. Je n'ai pas le pouvoir de faire changer les choses. Vous, vous l'avez. »

Mais à quoi bon ? Il ne pouvait pas se permettre de me croire. Aucun d'eux ne pouvait se le permettre. Sinon, ils se seraient sentis aussi coupables que moi.

Donc je ne dis rien. Je fis simplement un geste du menton pour montrer la télé qu'il avait posée par terre.

— N'oublie pas, dis-je. Chambre 302.

— Ah oui, c'est vrai.

Il comprit et s'éloigna.

Chapitre 7

Après cela, je chassai Tulipe Pierce de mon esprit et poursuivis le cours de mon existence. Cette fois, je m'y pris comme il fallait. Passant toutes mes heures libres à la bibliothèque, je m'enhardis de plus en plus en m'asseyant près d'un des petits groupes de filles qui étaient toujours ensemble, jusqu'au jour où Glenys me demanda si elle pouvait m'emprunter mon rapporteur et où Anna me dit que j'avais de beaux cheveux.

Et à partir de ce jour, tous les midis, je faisais la queue avec elles à la cantine et le chemin jusqu'à l'arrêt d'autobus avec Glenys. Une ou deux semaines plus tard, elle était en train de parler de la fête qu'elle organisait pour le week-end, et elle me proposa de venir.

Enfin j'étais admise.

Il m'arrivait encore de croiser Tulipe dans les couloirs, les jours où elle venait. Et, comme les autres, je m'intéressais à ses actes de rébellion et à ses prises de bec avec les professeurs.

– Tu as entendu ce qu'elle a dit à Mme Min-niver? Il paraît qu'elle va être renvoyée.

– Mon père a entendu dire qu'elle a été dénoncée à la police parce qu'elle a éventré les banquettes du bus.

– Non, c'était pour un vol à la tire.

Quand elle montait les escaliers ou qu'elle entrait et sortait des salles de classe, Tulipe disait de sa voix hargneuse à tous ceux qu'elle croisait: «Pousse-toi de là, abruti!»

Et ils se poussaient presque tous. Elle mettait tout le monde mal à l'aise. Ils devaient tous penser qu'il est trop dangereux de rester près de quelqu'un que les profs eux-mêmes avaient peine à maîtriser. Les ennuis qu'elle s'attirait, au lieu de la refréner, la révoltaient bien plus encore. Elle devenait de plus en plus insolente et follement arrogante. Les avertissements, les menaces et même les punitions la laissaient indifférente. Elle était continuellement collée et faisait comme si de rien n'était. Nous la voyions franchir fièrement la grille du collège à n'importe quelle heure de la journée et nous ne pouvions dire si elle avait été officiellement renvoyée chez elle ou si, tout simplement, elle avait décrété qu'il était l'heure de partir.

Mais si Tulipe faisait de plus en plus parler d'elle, on commençait à parler de moi aussi. En mars, je réussis si brillamment mes examens que je reçus les félicitations de Mlle Fowler. Elle convoqua mes parents pour leur dire qu'elle avait l'intention de me changer de section.

— Ce sera dur, dit-elle. Mais Nathalie se débrouille tellement bien que je suis sûre qu'elle s'accrochera.

Et je m'accrochai. D'une certaine façon, plus je travaillais dur, plus cela me plaisait. Et lorsque, à la fin de l'année, je remportai trois prix et que je dus monter sur scène devant tout le monde pour recevoir mes livres et serrer la main de Mlle Fowler, je m'aperçus que Tulipe et moi avions désormais atteint la même notoriété chacune dans notre domaine. J'étais réputée pour mes succès scolaires, elle pour ses méfaits.

C'est alors que je tombai nez à nez avec elle dans le vestiaire.

— Pousse-toi de là, idiote! me dit-elle avec hargne en me bousculant pour passer.

Peut-être m'avait-elle traitée d'idiote une fois de trop. Ou alors, comme je portais mes beaux livres sous le bras, je n'avais plus envie qu'on m'insulte.

En tout cas, je me conduisis vraiment comme une idiote. Délibérément, ostensiblement, je baissai les yeux vers son pull plein de taches et son chemisier tout chiffonné.

Et je fronçai le nez.

Un coup d'œil à son regard et je compris que j'étais allée trop loin.

– Oh, oh! On se remet à jouer à des petits jeux?

Je m'empressai de me rétracter.

– Je ne vois pas de quoi tu veux parler.

Elle ignora ma réponse.

– Ça fait des lustres qu'on n'a pas joué toutes les deux, hein? Qu'est-ce qui te ferait envie? *Les cochons dans le souterrain*? Une petite partie de *Ravages*? *Impasse des squelettes*? Ou alors l'*Observatoire d'astronomie*? Ton préféré.

Je n'avais jamais remarqué à quel point un regard peut être dur. Tout à coup je fus terrorisée.

– Fiche-moi la paix, Tulipe!

Elle ouvrit grands les yeux.

– Ce n'est pas gentil du tout, ça. Après tout, c'est toi qui as commencé.

– Je n'ai rien commencé du tout.

– Mais si. Tu as commencé à l'instant avec *Poisson qui pue*. Je t'ai vue.

Personne ne vous connaît mieux que votre meilleure amie. C'était inutile que je dise quoi que ce soit. Je pris le chemin de la sortie.

– Alors, c'est d'accord? me cria-t-elle. Maintenant c'est mon tour de choisir.

Je fis comme si je n'avais pas entendu. Tirant derrière moi les portes à deux battants pour qu'elles se ferment plus vite, je remontai le couloir en courant presque. Arrivée au coin, je me retournai : elle ne m'avait pas suivie. Mais ce n'était pas rassurant pour autant. D'ailleurs, elle n'avait pas besoin de me suivre. Ses paroles menaçantes me couraient après.

Je me précipitai dans la salle de classe pour le cours suivant et m'assis, le cœur battant. Personne ne regarda dans ma direction. Personne ne remarqua que j'étais en état de panique. Je connaissais Tulipe. Non seulement je savais qu'elle ne me lâcherait pas tant qu'elle n'aurait pas gagné le dernier jeu. Mais je savais parfaitement quel jeu elle allait choisir.

Chapitre 8

Les jours suivants, j'eus l'impression d'être ce
pauvre lapin tout tremblant entre les mains de
Tulipe, me demandant ce qui allait m'arriver.
Mais il se passa une, puis deux semaines, puis trois
pendant lesquelles Tulipe ne daigna même pas me
regarder. Et, au bout de la quatrième semaine,
c'étaient les vacances.

De temps en temps, cet été-là, je me rensei-
gnai auprès de Julius.

— Tu n'as pas vu Tulipe dans les parages?

Il levait les yeux de ce qu'il était en train de
faire.

— Tulipe? Non, pourquoi? Elle doit venir?

— Je crois. Mais si jamais tu la vois, tu me préviens, d'accord?

Je m'efforçai de ne pas avoir l'air inquiet et ce
fut peut-être une erreur. Car une autre fois, alors
que je lui posai la même question, il répondit
autre chose.

— Je crois que je l'ai aperçue il y a quelques

jours près des anciens garages. Mais quand je l'ai appelée, elle avait disparu.

— La prochaine fois, je veux que tu me préviennes tout de suite.

— Si tu veux.

Je fouillai les garages mais en vain. Et, quand j'y repense, cela n'a rien d'étonnant. Tulipe était maligne. Les jours passèrent. Papa commença à me payer pour des petits boulots et Maman avait besoin d'aide au bureau, donc j'étais tout le temps occupée. Glenys vint me voir une ou deux fois et j'allai aussi chez elle. Et peu à peu, je réussis à me faire croire que Tulipe n'avait pas d'idée derrière la tête, qu'elle avait juste voulu me faire un peu peur. Elle savait très bien à quel point j'étais sensible. Qu'est-ce qui pouvait l'amuser plus que de me laisser me faire du souci, pendant des semaines, à propos de quelque chose qu'elle avait oublié?

Je cessai donc de me tourmenter. Il y avait tellement d'autres choses à faire. À la rentrée, après les vacances d'été, je croulais sous les devoirs, sans compter mes deux cours de ping-pong par semaine. Je jouais aussi dans la pièce de théâtre du collège et avec toutes les répétitions supplémentaires qu'il y eut, je ne vis pas arriver Noël.

— Tu invites Glenys?

— Non, dis-je. Elle est partie chez son père.

— Anny, alors ?

— Elle dit que sa mère n'apprécierait pas qu'elle aille passer Noël chez quelqu'un d'autre.

Papa haussa les épaules.

— Ça se comprend. Je n'aimerais pas non plus que tu ne sois pas là.

Donc j'étais là. J'étais là, dans ma nouvelle jupe verte, à l'heure de l'apéritif et des amuse-gueules. J'étais là pour écouter le pot-pourri de M. Hearns au piano. J'étais là pour la tombola.

Et aussi pour les chants de Noël, comme d'habitude, à côté de Julius qui chanta courageusement, tout seul, le premier couplet du *Roi David*, et avec Mme Scott qui faisait son insupportable contrepoint sur toutes les fins de strophe, et avec M. Hearns qui bafouillait encore plus que d'habitude parce qu'il avait égaré ses lunettes. Les visages des clients qui chantaient en chœur s'illuminaient puis s'éteignaient, au rythme des guirlandes multicolores qui clignotaient dehors, le long des balustrades : allumé, éteint, allumé, éteint.

Oh quelle maligne, cette Tulipe ! Choisir LE soir où tout le monde est réuni dans la même pièce et où tous les employés de cuisine qui n'ont pas réussi à convaincre Papa qu'il n'avait pas besoin d'eux s'affairent à leurs fourneaux, surveillent la cuisson de potages sophistiqués, plongent la tête dans les fours pour jeter un coup d'œil aux plats les plus difficiles à réussir. Quelle maligne, cette Tulipe, d'avoir choisi le seul soir où il n'y a personne dehors pour voir une petite silhouette verser de l'essence, de la paraffine et Dieu sait quoi d'autre sur tous les rebords de fenêtre et les linteaux, tous les bancs et les portes, tous les écriteaux et les balustrades, tout ce qui peut être en bois dans un vieil hôtel. Pas bête non plus de mettre toutes les chances de son côté, de faire ça le soir où personne ne remarquera rien, avant qu'il ne soit trop tard. Alors les visages seront éclairés par les flammes, de plus en plus étincelants, de plus en plus rouges, de plus en plus étincelants, de plus en plus rouges.

— Au feu! Au feu! Dehors, sur la véranda! Au feu!

Les alarmes se mirent à sonner dès que les premières flammes crépitèrent. Le système d'extinction automatique d'incendie que Papa avait fait installer quand nous avions emménagé se déclencha immédiatement. Tout le monde fit ce qu'il fallait. Personne ne paniqua. Les clients, comme le dit Maman par la suite, furent «exemplaires! exemplaires!» Ils se regroupèrent sur les pelouses et cochèrent mutuellement leurs noms sur les listes, comme s'ils avaient assisté à des incendies toute leur vie. Personne n'essaya de rentrer en douce pour aller chercher ses bijoux. Personne ne joua les héros pour voler au secours du chat. À part Cedric qu'il fallut faire sortir de force parce qu'il ne voulait pas quitter son four où ses bœufs en croûte doraient gentiment, tous les autres membres du personnel de cuisine éteignirent leurs grils et leurs cuisinières à gaz dans le plus grand calme et sortirent immédiatement par les issues de secours les plus proches.

Donc, au moment où la première des explosions soigneusement orchestrées par Tulipe fit sauter les vitres de la véranda, tout le monde était en sécurité dehors et regardait les flammes s'emparer du bâtiment. Et si elle n'avait pas eu l'idée de retourner le terreau de feuilles mortes accumulées depuis cent ans devant la grande grille qui fermait l'allée et de s'en servir pour la bloquer (et de l'entourer de tellement de chaînes et de cadenas que les pompiers la crurent sur parole quand elle leur cria: «Non! Pas ce portail! Les autres! Faites le tour»), la première voiture de pompiers ne se serait pas enlisée dans le chemin boueux menant à leur ferme et la seconde aurait réussi à rentrer un peu plus tôt.

Donc, le Palace brûla. Sous nos yeux. Julius et moi le regardions, debout l'un à côté de l'autre. Sa figure s'embrasait dans la lumière dansante du feu, tandis que les fenêtres aux cadres noirs explosaient, l'une après l'autre, dans un rougeoiement furieux.

Il se tourna vers moi. Ses joues étaient écarlates, à cause du reflet des flammes mais aussi de l'excitation.

— C'est Tulipe?

Mon visage devait être aussi rouge que le sien. Je pouvais dire un gros, gros mensonge.

— Comment veux-tu que je le sache?

Tout joyeux, il tourna le dos au brasier pour observer les pompiers qui faisaient passer leurs énormes tuyaux par-dessus les balustrades. Comme la chaîne en or de Tulipe jetée dans la poubelle des mois auparavant, ils les glissèrent dans la carcasse géante du bâtiment et disparurent instantanément. Je me demandais si elle regardait, elle aussi. Que pouvait-elle ressentir en voyant le seul endroit qu'elle ait jamais aimé dévoré par les flammes? À l'intérieur, le comptoir en cuivre qu'elle avait l'habitude de caresser était en train de fondre. Les magnifiques rampes en bois sur lesquelles elle avait fait courir ses doigts plus d'un million de fois se tordaient affreusement en se carbonisant. Est-ce que cela lui faisait quelque chose? Était-elle juchée dans un arbre derrière nous, comme les paons, en train de pleurer toutes les larmes de son corps? Ou s'était-elle contentée d'éclater de rire avant de filer chez elle pour recevoir une énième correction parce qu'elle était en retard?

Papa arriva derrière nous et posa ses mains sur nos épaules. Il ne pouvait dire un mot. Il regardait, en silence. Maman aussi. Peu à peu, le Palace renonça à se battre et lorsque les sifflements, et les craquements, et le ronronnement assourdissant cessèrent, les volutes de fumée silencieuses, annonçant la défaite, s'élevèrent en tourbillonnant au-dessus des grands bosquets sombres où Tulipe s'était glissée, semaine après semaine, pour dissimuler ses dangereux petits joujoux, jusqu'à ce qu'elle soit enfin prête pour le dernier et le pire de ses jeux.

Chapitre 9

Voilà, nous partons. Demain, en route pour Nettle Underwood. Le Grand Chambellan. Papa a l'air enchanté. On pourrait presque penser que Tulipe lui a rendu service.

– Les grands édifices comme le Palace sont passés de mode, dit-il à tout le monde. Trop compliqué de planifier. Un hôtel de cette taille ne peut pas se maintenir à flot avec juste quelques clients réguliers et les rares touristes de passage. Il faut se mettre au goût du jour. Centres de soins. Piscines. Un vrai parquet de danse. Des ascenseurs partout. Il y a tout cela au Grand Chambellan.

Maman commence à se faire à l'idée qu'elle a perdu beaucoup de choses. Elle a pleuré sur quelques photos irrécupérables (surtout des photos de Julius, j'imagine). Et certaines conversations téléphoniques avec les gens de l'assurance l'ont rendue folle de rage. Mais hier, elle a embrassé du regard tout ce qu'on a pu récupérer et qui a été rassemblé dans une pièce et elle m'a dit :

— Il n'y a pas une seule chose là-dedans qui mérite qu'on la regrette. Viens faire un tour avec moi, Nathalie. On va aller prendre un café au village.

Au village, la plupart des gens se moquent bien de ce qui est arrivé. De toute façon personne, ici, ne pouvait se payer le moindre verre à l'hôtel. Et la maison mère va vendre le terrain à quelqu'un qui veut construire de jolies villas modernes. Donc, ça lui est égal aussi. Elle ne tient pas Papa pour responsable. Il n'avait jamais commis de faute grave jusqu'à présent. Un incendie accidentel aurait pu être stoppé tout de suite, mais un incendie criminel, c'est autre chose, tout le monde est d'accord là-dessus.

Je me suis fait beaucoup de souci pour Julius. Mais je m'aperçois qu'il s'en fiche complètement. Il ne le dira jamais devant eux mais, à moi, il me l'a avoué : il a adoré l'incendie. «Génial.» Il est devenu célèbre à l'école pour l'avoir raconté des dizaines de fois. Et bien que nous partions, il dit que de toute façon il ne voulait pas aller à Talbot Harries. Il est très content de changer d'école.

Moi aussi. Ça m'aidera à repartir à zéro. Pourtant je me débrouillais plutôt bien. Je le sais parce que, vendredi, Mlle Fowler m'a fait venir dans son bureau pour me montrer le rapport qu'elle envoie au collège de Nettle Underwood. «Après une période de troubles, Nathalie Barnes a fait un sérieux effort pour se reprendre. Elle devrait travailler de mieux en mieux et nous lui souhaitons bonne chance.» J'ai annoncé à Glenys que nous partions et lui ai promis de lui écrire toutes les semaines. Mais, honnêtement, elle me manquera moins que le petit ange en pierre du bassin. Elle n'a jamais été une amie intime.

Pas comme Tulipe.

Je ne crois pas que je la reverrai. On entend son nom partout, évidemment, ne serait-ce que dans les commérages à propos de l'enquête de la police et du rapport du contrôleur judiciaire. Maman l'appelle «Tulipe la sorcière» et chaque fois Papa lui dit: «Ne dis pas n'importe quoi, Emma!» Mais je ne peux m'empêcher de penser qu'il aurait mieux valu pour elle qu'elle soit vraiment une sorcière. Au moins elle aurait eu un peu de pouvoir. Maintenant, elle n'a plus rien. Hier, pendant que nous faisions nos bagages, Julius m'a demandé:

— Si tu pouvais rayer Tulipe de ton passé, tu le ferais?

Je fus bien obligée de secouer la tête. Je ne peux pas regretter le temps que nous avons passé ensemble. Parfois j'ai peur de ne plus jamais connaître des moments comme ceux-là, des nuits pleines de lumière, des jours incandescents. Mais je sais que ce n'est pas vrai. Il y a mille façons de mettre des couleurs dans sa vie. Je sais que je trouverai les miennes.

Je fais de drôles de rêves à propos de Tulipe. Parfois nous sommes assises toutes les deux les jambes croisées sur le toit d'une remise, derrière sa ferme, en train de remuer un liquide que nous appelons de l'«eau-de-flamme», ou nous rampons dans un verger et nous essayons de mettre le feu à des fleurs. Mais le plus souvent, dans mes rêves, je nous vois toutes les deux dans notre ancienne école, en train de rire et de faire les folles, ou allongées sur le dos derrière le parapet, bien serrées l'une contre l'autre, nous jouons à l'*Observatoire d'astronomie*.

Je repense au jour où Papa et moi l'avons vue pour la première fois dans ce champ de blé et j'essaie de me dire qu'il était déjà trop tard. Quand quelqu'un tourne mal, ça ne se passe pas d'un seul coup. Chacune des horreurs que vit cette personne joue un rôle, et Tulipe en avait sûrement déjà vécu beaucoup trop.

Mais je n'arrive pas à m'en convaincre. Oui, maintenant je sais que déjà, ce jour-là, Tulipe était en route pour aller noyer ce petit chat. Mais Papa n'était pas plus vieux qu'elle quand il avait poussé la tortue de son grand-père dans un buisson et l'avait laissée mourir là. À la limite, Tulipe était plus courageuse et plus gentille. Et puis, les gens ne sont pas des forteresses. On peut aller voir à l'intérieur d'eux, si on veut.

Mais personne ne l'a fait. Personne n'a tendu la main à Tulipe. Personne n'a essayé d'établir un contact avec elle. Je les entends chuchoter et ça me rend malade.

«Les sièges de l'autobus!» marmonne Mlle Bodell.

«Les portes des vestiaires!» déplorent les professeurs.

«Des poulaillers!» s'indignent les fermiers.

«Des serres! Des poubelles!» grognent les voisins.

Et Maman dit: «Un si bel hôtel!»

Et Tulipe, dans tout ça?

Je ne pourrai plus jamais penser à Tulipe sans être triste pour elle.

Et sans me sentir coupable.

Oui, coupable.